U0009642

LOCUS

LOCUS

catch

catch your eyes ; catch your heart ; catch your mind······

YO 夠好～

catch 156 西雅圖妙記5
My Life in Seattle 5
作者：張妙如

責任編輯：繆沛倫 美術編輯：何萍萍
法律顧問：全理法律事務所董安丹律師
出版者：大塊文化出版股份有限公司
台北市105南京東路四段25號11樓
www.locuspublishing.com
讀者服務專線：0800-006689
TEL：(02) 87123898 FAX：(02) 87123897
郵撥帳號：18955675 戶名：大塊文化出版股份有限公司
版權所有 翻印必究

總經銷：大和書報圖書股份有限公司
地址：台北縣五股工業區五工五路2號
TEL：(02) 89902588 (代表號) FAX：(02) 22901658
製版：瑞豐實業股份有限公司
初版一刷：2009年11月
初版三刷：2010年1月
定價：新台幣280元

Printed in Taiwan

MY LIFE IN SEATTLE ⑤
MIAO-JU CHANG

很耐死的－
(Nice)

西雅圖妙記⑤。張妙如。

吾王萬歲。

寫這一篇時，我只是得流行性
感冒，現在整理書稿時，全球
已經陷入新流感的恐懼之中。

我沒得過新流感我不清楚，但
是當時這一個流感已經足夠摧
毀我的意志，因為我全身都在
痛，痛到止痛藥吃下去也沒什
麼作用，痛到我覺得自己再也
不會好起來那樣沮喪，痛到我
哭著從美國打電話回去給我媽
，一付再也沒有明天的樣子‧
‧‧，因為通常我生病，是不
會想要讓台灣的家人擔心的，
所以這個流感真的給我很深刻
的記憶。

宅女如我，我怎麼想也只有認
定去超市買菜是我可能被傳染
流感的途徑，必然是推車的把
手上有病菌？所以我現在買完
菜回家後，一定洗手！

在連續兩天都痛到只有痛哭、亂叫才能勉強入睡下，大王決定叫醫生來家裡看我……

被折磨了好幾天的我，當然是希望趕快確定病名，趕快對症吃藥，趕快解脫痛苦囉！所以儘管醫生說測試有點痛苦，我還是毫不猶豫地點頭答允了！

我敢說，若在平日身體正常時這樣捅，一定算蠻痛苦的，可是當時比起有人對我巫毒亂刺的那種全身抽動，那條小管根本不算什麼！

文化大不同？

我記得，在日本的電車裡面若看見有人戴口罩，根本就是一件很尋常的事，在台灣我們也漸漸有這樣的習慣，尤其經過了ＳＡＲＳ之後，再加上現在又流行新流感，咳嗽戴著口罩應該才是一種公德。

可是我這次去歐洲時，因為在火車上喉嚨很癢，所以自己戴上旅行時一直有隨身攜帶的口罩，這一戴，不得了，漸漸週遭沒有半個人！大王說我把別人都嚇跑了，我自己也感覺是這樣沒錯，可是我始終想不通，為什麼他們會那麼害怕我戴口罩？如果我真的生病了，難道這樣「保護他們」不好嗎？隨後我還故意在那裡大聲嚷嚷 " The sick ones wear masks, so the healthy ones don't need to." （生病的人戴口罩，健康的人就可以不需戴），但是這樣反而更糟，因為附近的乘客都確定我是真的生病了！

後來在的試管試劑測驗中，證實我是得了流行性感冒！

好啦一現在確定你是流感，我就來開藥給阿烈得吃一

妳說啥!?!

!? !?

妳已經生病超過48小時了，已經沒有藥可以給妳了，因為又不會有作用！但是為了防止妳老公被妳伝染，他要趕快吃藥！……

有這种天理嗎？我病得要死痛得要死卻沒藥可吃，而処方籤卻是開給一个健康者???

你如果會痛，繼續吃你原本吃的止痛藥就好

我結果是了試毒員???

世界總是為我而轉动

在我的犧牲下，大王總算得以健康長命百歲，我覺得這真是一次超級寂寞的生病…祝吾王萬歲……（淚）

如果不是因為得了流感，我還真是不知道原來流感超過４８小時就沒有用藥意義！所以這時，儘管還在受苦當中，就已經是很隨便了，有痛就吃止痛藥，咳嗽就塞喉糖，反正就是吃任何會讓你自己覺得舒服一點的東西，然後靠自己熬過去（？）
這就是一種得自立自強的病···
所以我後來上 Youtube 去看搞笑影片，並不是完全沒道理。

我永遠覺得好命壞命８０％是靠自己的。人家說因果因果，種什麼因的什麼果，還有「個性決定命運」、「選擇也決定命運」等等，其實都有它的道理在！

我是一個追求「好命」的人，我當然認為一個謹慎小心的人，他的人生意外相對會較少，因此我十分樂意平日多小心注意，多事先準備一些，來換取沒有負向意外的人生。

通知

我們住的這介郡叫做國王郡（King County），前一陣子，在信箱中收到國王郡的一个通知，通知單上說，有一个一級強姦犯被服刑完畢被釋放出來了，單子上有該犯人的照片、姓名、居部地址，及持槍挾持一名 23 歲女性，然後強姦她的罪行述錢...主旨是要讓居民知道此事並警覺。

我的天!!!
他住得離我家可真近呀!!!

搞不好哪一天會在後庭院遇到他偷找我家的草......

雖然內心很佩服美國這种通告系統，但，一个持槍強暴犯耶！這可不是佩服的時候！而是該做好警覺的工作......

還好我有頭皮屑！

出門拿信前，一定要好好把頭皮屑抖出來——

（這樣就不可了……）

曾經，我以為自己臉皮不會那麼厚，在台灣邊邊應該是我的極限了，我不可能不要臉到國際化的程度！然而事實證明牛牽到愛菲爾鐵塔上也還是牛，這是本性，我必須接受。所以美國人也得接受···
畢竟它是個自由的國家。

結果都只遇到鄰居!!

Hi...

Hi...

好拉場的婦人!!

喔——

順便一提，這些人神經也太大條了吧!? 沒事也敢在路上亂逛!??? 真是白老鼠呀！

因為一直只遇到鄰居，我覺得這方法不好，強暴犯還沒遇上我恐怕就搶先成為鄰居們的公害了!! 所以我的第二備案是「快步手刀跑」！

挪威人可不可以不要接受啊

······

信。

衝呀——!!!
山豬跑得都沒我快!!

從我家到信箱，經過縝密測量，總共是46步，其中包含一條17階的樓梯，經過不斷努力，我可以在20秒內跑完來回，如果不下雨……

哈哈哈——
我的天，妳有沒有太杞人憂天了？？也不看看自己是什麼年紀了？妳以為妳還很可口嗎？

離婚!! 一定要離的!!!

這种老公!!……
你小心你的菊花——

不過，我也認真反省了，在居民們都認真正常地過日子下，我好像確實緊張過度了，所以，現在的我也盡力在正常渡日……

變成我下班後拿信進屋……

老公要分擔家務事，是正常生活的一部份？？？……

這個人，真的沒有做半件家事！到現在連我家的洗衣機、洗碗機怎麼操作都不會！有一陣子甚至誇張到連咖啡機都快忘記怎麼用了，因為多數時間是我幫他泡咖啡！有時我不想幫他泡時，他甚至寧願不喝咖啡就出門了（反正路上可以買現成的）。

以前他脫下換洗的衣服還會自己翻到正面，放到洗衣房去，現在卻是一整個亂丟。有一天他告訴我，他沒有乾淨的上衣穿了，我還在想「怎麼可能？」，我才剛洗過衣服，房間裡亂丟的衣服也都被我收去洗了，怎麼可能沒衣服？但，找了半天還真的是沒有！

即使是髒衣服也不該不見啊！所以後來，我在他的書房發現他把一堆髒衣服攤放在椅背上（還疊得整整齊齊）！而最上面一件，剛好是和椅子一樣是黑色的，整個蓋住底下一疊，所以我並沒有發現有髒衣服在那裡！佛心來著，這種事我早已不會生氣了，只是冷笑了一聲罷了。

收池

收池一年又四個月後的狀況

這一年多來，先是在08年暑假時，大王和愛傳合力將池底的石頭搬到池塘旁邊，但是剩下的小石子（像砂石那樣的）沒人覺得有能力處理・・・因此，那塊墊在底下的黑色塑膠防水布，雖是被我弄了好幾個大洞，始終也收不起來。

秋來了，落葉亂飄，然後冬天來了，不是雨就是雪，誰還有心思去管它？09春天來了，萬物又開始滋長，雖然池子已經無法聚水，然而，生命是很強的，一些植物們已然能從砂石中成長，到夏天甚至茁壯起來。

現在，我也不知該拿它怎麼辦了，只好當作沒看見。

打從我家池塘建好了之後，短暫地享受了几个月的好風光×之後，不論是撈落葉、清池塘、修幫浦或埋魚屍（被浣熊吃剩的），當然都是我一人包辦兼頌經……，到去年冬天，因為天冷冰寒所以把流水閘關閉了，到今年春天完全又剩一池骯骨葬的死水……

当時是2008

趕快找時間拆了吧！我們正在塘育蚊蟲呢！

壓力好大！壓力好大！我还要加班呢！！！

打從我染了流行性感冒後，再一次地，收尾又在那裡了戲拖棚，一付要好不好中，我还又犯牙痛，而且這回痛得離奇，第一天冷水入口大痛，搞得我不敢多喝水，差点脱水，但到了同一晚，變成不含冰水就痛到欲仙欲死，連我睡覺都得含著冷水才能舒緩……

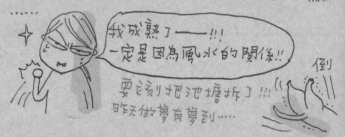

尚驚醒

水流光了!!
痛死人啦

壓力好大!
壓力好大!!!
妳就不能讓我好好睡嗎!?

而且还因為喝了太多水一直起床上廁所……我實在不相信自己健康底子有這麼差!但是久病讓人失志又多疑，一位老友安慰我「生病使人成熟」……

我成熟了——!!!
一定是因為風水的關係!!

要去刻把池塘拆了!!!
昨天做夢有夢到……

倒

但是老天爺:你讓我病得全年無休，叫我有什麼空閒去拆池塘???所以，我忍著牙痛和微咳，出去庭院虹吸原理放池水……

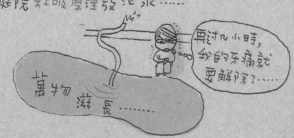

再过几小時，我的牙痛就要解除了……

萬物滋長………

我希望我沒有說過，要不然這裡你們就只好再聽一次‧‧‧（梭哩舞先跳）
十幾年前我還住五股時，弄了一個魚缸，本來是放在下層客廳桌下，後來，不知爲什麼移到樓中樓的上層去，有一天我爸來拜訪我們，他當時就說『魚缸不要放得比人高，不然眼睛健康會不好』。
這種話我哪聽得進去？誰沒有年少輕狂或叛逆期過？
可是，後來還真的發生了我眼睛黃斑部病變，害我差點失去左眼視力的大事件！於是想起老爸的話，立刻把魚缸又搬下樓。
自此，我不太敢不信風水，雖然我對風水其實一無所知！但，有個魚池沒有半條魚，還在那裡孕育蚊蠅和不知名的新生命，這絕對不會是好事！不會是好風水‧‧‧

然後，我開始搬石頭……

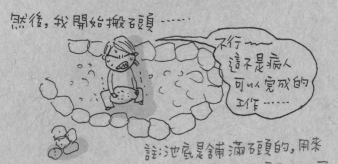

不行——這不是病人可以完成的工作……

註：池底是鋪滿石頭的，用來遮住不漏水的黑色厚膠布，我的目標是要把厚膠布整個拿起。

西雅圖多雨世界有名，如果不把厚膠布拿起，雨水一下降後一定又是池水再生！可是，我已經沒力氣搬石頭了，我決定，先在池底的厚膠布打了洞再說！！

工具我家最多！老娘和你成熟地拼了！！

也許是巧合，但，池塘完全漏完水後，我的牙痛真的停了……

妳不是還有點咳嗎？一定是庭院落葉還沒清乾淨！！

趕快再接再勵呀！！！

風水太重要了！！

我的壓力這麼大，一定也是因為雜草長太多！！妳要幫我呀……

結婚到現在八年多了，我才開始懷疑，大王以前的居住環境到底是怎樣的？會這樣說，自然是因為他知道我以前一直住台北，我住的地方是不可能有庭院之類的東西，所以我們買這西雅圖的房子之前，他應該是知道我並沒有實際照顧庭院的經驗，我並不知道一個院子可以惹來那麼多麻煩和苦楚，還相當花錢！（如果你要一直保持它美觀整齊的話）

可是大王自己應該是要知道的！他小時候住挪威，我曾和他回鄉去，那房子也是有庭院的，他後來搬去愛爾蘭，聽說住處也是有庭院的，然後來到西雅圖，他之前的房子我也見過，當然是有庭院的！那他為何沒有警覺到有庭院的麻煩？讓我們當初買了這樣一個房子？（現在我們都十分希望住的地方只有水泥地之類的）後來我終於想通了，關鍵不是他，而是他週遭的人！無論是他父母或他奶奶或前女友瑪優，這些人都是會做園藝的，甚至還相當熱衷！所以大王從來就覺得有庭院是好事，是應該要有的。即使他以前也曾偶爾幫忙做些什麼庭院的工作，他大概就以為那樣就夠了，他沒意識到他身邊的人其實花很多精神在照顧！

人生就是這樣，到老都還是不斷地會學習到、領悟到吧？儘管有些事是從小就環繞在你身邊的，你可能要半世紀之後，才知道一切都不是必然或應該。

一開始，我以為我是
住到國外水土不服。

現在我才發現，
只是老了毛病開始多

養身！

從池塘的水漏乾之後，我享受了三四天健康無病痛的好日子，甚至連大王都特別好——

看我買了什麼？蜂花粉耶……

妳常生病，我希望妳抵抗力能增強……

我苦盡甘來了—

大受感動!!!

大王，聽說是在收音机聽到，蜂花粉的各种好處，所以想買來「一起養生」一下（他也有要吃），但我們看了說明書，赫然發現它有一條警語：氣喘、過敏患者可能不宜……

可惡!!

我被騙了!!

原來不是尊敬我嘛……

又氣喘又过敏的人

「我是從小看你的書長大的」這句話應該只是現代流行的問候語吧？

第一次聽到人家和我說這句話時，當然很驚嚇！但是看到來者是個十幾二十初的年輕人時，當然會覺得是啊是啊，我畢竟也出道快１２年了，是可以接受這個事實，雖然它聽起來真的好像神話。

這幾天，有個新撲友也這樣和我說，我一看他的資料，他 37 歲。明明和我很相近了，竟也說得出這種瞎話！他怎麼可能還從小看我的書長大啊？除非我還不會寫字就已經出書！啊啊啊啊啊——現在的人是怎樣啊？（翻桌）
但，就是因為他，我突然也豁然開朗，原來這句話應該只是問候語吧？並不具什麼實質意義吧？

順便一提，我的撲浪是：
www.plurk.com/miaojuchang

但總之，結果还是我獨享，雖然我這陣子以來大小毛病不斷，總算是没氣喘也不过敏！
由於拿到蜂花粉那天已晚，我於是先吃了一顆試々（說明書原說一天吃兩顆），次日早上醒來，只覺得人生第一件大事就是要如廁，其它一切正常，所以吃完早午合餐後，我又按量吃了兩顆蜂花粉，哪知，到了下午，我的精、氣、神已經離不開廁所了……

短暫的健康快樂，竟然就這樣又輕易離開!!不是為了自己的健康無痛在努力嗎？怎麼会是這种結局呀!? 大王呀大王，你是故意的吧?……希望你如果有暗中幫我投保，也能給我一个暝目的好價……

這些蜂花粉是膠囊型的，膠囊可以打開，裡面是粉末。

所以後來我打養生果汁（本書後面有提及）時，經常就是會把蜂花粉末加入果汁之中，以這種方式來消耗。

不過，依然還是沒耗完！我覺得兩個人的小家庭有時就是有這種壞處，東西真的不能一次買太多。

愛傳。

和大王在一起最特別的是，他
有時會突然神來之筆，然後還
有立刻去實現的實力。

LEGOLAND 上

5月初，我們又去荷蘭探望孩子了。

本來行前有一位讀友推介我一个荷蘭的新去點
—— corpus 人体館，到了荷蘭後，瑪优也覺得很
有意思，但没想到打电話去詢問，該館大客滿，
要事先預約才能去參观，而且排期还要排上一星
期以上！

別看内
臟了！！

什麼呼⋯⋯

我們去丹麥
國的樂高
樂園吧～

果然又
大王起
來了⋯⋯

豪氣萬千吧？

幸好 我們人是在瑪优家！所以負責訂机票、飯
店的人 變成是瑪优女侍，而不是我～

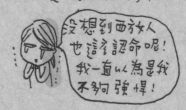

没想到西方人
也這麼認命呢！
我一直以為是我
不夠 強悍！

哪裡，
好老是能
嗆他，我
覺得妳很
強⋯⋯

所以我們一夥人臨時搶到5張机票，2間飯店房間，這ケ女待瑪优不斷也經過訓練，也是很強！只不过…… 机票的座位不是太好！

有生小孩果然是对的!!
YA!!!

西谷的我祥──你在這裡做什麼!?
你不是該去賣包子了嗎???
叫本王擠那小鳥窩!?
這世界还有王道嗎?

事实上，西谷的我祥坐的是我的座位号！因為他太胖不適合擠進去，所以「自动搶了我的座位」？偏ㄟ班机又完全客滿，沒有多餘空位，我生平第一次坐在大王旁边竟然有椅把手可靠！不知是該感謝我祥还是恨我祥?……

桌子根本不可能打開……（借我的桌子放飲料）
我是隻小小鳥……

以前也看过新聞，某些航空公司強迫大胖子級的人買2ケ座位，当時，我还覺得航空公司確實太歧視胖子了，可是這一次我親身經歷後，我不得不說：

丹麥的機場還是有設抽煙的小亭。
但這小亭真的做得不錯，儘管沒有門，過路人還是聞不太到什麼煙味。

胖子呀，這不是歧視你們！而是顧慮到他人——別人也是買一个座位呀！為什麼結果只能坐到半个??

还要和你換座位？我才是坐走道的人呀!!!

僵 麻

因為是臨時買机票，所以也沒買直飛的航線，我們在哥本哈根再轉丹麥國內班机才能抵達樂高樂園，轉机过程中，上廁所的上廁所，逛免稅商店的逛免稅商店，終於，我們分成兩組走失了！

我和吹王在商店找不到瑪伏和孩子的身影，決定先走去登机門！心想：他們最終總是要來登机！沒想到，飛机都要開了，瑪伏和孩子竟还沒來！

我的孩子沒來，我絕不登机!!

請再廣播——他們一人就在机場內!!

估女出兩人合力把飛机延遲的事

哥本哈根机場其實比想像中大，我和吹王從机場中心走到這國內航班的登机門就花了快20分，所以，当我們看見滿身大汗狂奔而來的三母子，實在也是又驚又喜，來不及互相責怪，我們登机了……

托比

當然不要懷疑，旁邊那個武士是樂高積木做的

高 .

高 . .

縞 . . .

縞 . .

LEGOLAND 下

樂高樂園應該是充滿快樂的回憶的，可是，不知怎麼地，我這個人這次的回憶倒是很苦澀……

首先是從西雅圖要出發地去荷蘭前，我還查過天氣呢！從氣象資料看來，「荷蘭氣溫並当和西雅圖相当」才是，可是事實確是差很多!!! 我自己打包了三件外套，幫大王打包了三件短袖T恤，這原本是要用來当内衣穿的，結果在歐洲時，這三件短T變成主角，我幫大王打包的其它衣物几乎完全沒動用到！至於我自己就更慘了，可以說是完全「貢龜」！

全部都是無用的東西还要費力搬運……

也還是有一些水上遊樂設施呢！
——
大王＆愛傳

然後是荷蘭到丹麥，因為瑪优建議我們只要取帶輕便行李，而我們也覺得是個好主意！所以用瑪优的小行李袋分裝出2天夠用的東西就行！

行李小就不用托運，不托運就不必等行李…

对喔！這樣快多了!!

聰明!!

所以呢，我的洗髮精和隱形眼鏡藥水在去丹麥的行程上就被沒收了!!!

小姐，隨机行李不可以這樣啦

根據規定，液体物不能帶這麼多!!

可是我那是药用洗髮精呵呵!!!

包…包青天先生!!!

失去它你叫我頭皮屑怎麼辦???

我在丹麥時，厚衣快要中暑，兼加髮屑飄飄飄，晚上回飯店还要幫大王洗短袖T恤（只能如此更換），白天还要隨著小孩的体能四处遊玩，終於，像漫画般的事發生了——我竟然，閃·到·腰!!!

我·的···天!!!

我本來預計接下來應該是要馬上得老年痴呆症
之類的，沒想到，也不过就竟是受凍和健行!!
受凍??? 没錯! 因為白天在樂高樂園被熱到了，
到了晚上，瑪优提議大家去 Billund〈樂高所在
的城市地名〉市中心吃晚餐，而且走路散步过去
……

如果樂高樂園是開在台灣的三芝鄉，我想三芝鄉
鎮中心应該很熱鬧充滿商机，各种小吃店、
餐飲大開吧?! 但，丹麥人可真酷!! Billund市中心
竟然什麼商机也没有，連个餐廳都找得我們
半死，而且白天的過暖在傍晚盡消，我們一群
人又冷又餓又累，好不容易找到一家飯店附設
的餐廳，服務生竟說要等一小時……，我一
想到吃完飯还要長路原途走回去〈在寒風中〉，
我想我的臉应該比鉄條更難柔美!

但，鉄漢大王还是讓我們大家都走回去……
因為這些苦澀的回憶，我回美後还拼命追查
「丹麥是因何而有錢的?」，怎麼能对商机如此
冷默卻能富有……這國家!!

據說，這東西看起來不如
何但其實很可怕!大王也
陪愛傳玩過一次，兩個人
拉到一半就不敢再拉高，
比瑪優和托比（照片中）
還不如···

老闆 的 新裝置

自從這個車庫改成指紋開門之後，我們就再也沒見過這個老闆了！而每每大王去荷蘭之前，都會事先EMAIL通知老闆他何時要拿車，以往老闆都會回信說沒問題，車子會幫忙準備好之類的，但最近這兩次，老闆連EMAIL都不回了，雖然車子他是有按日期時間準備好。

我常覺得他的生活可真消遙啊···

從我們抵達荷蘭的第一天去拿車時，就發現停車庫老闆變得好先進！

我現在這個車場閘門改用指紋辨識開門了，來來來，請掃描一下你的指紋……

這個老闆本來就夠命好了！現在竟更懶了……

呵呵……

每个人的人生果然是不盡相同，這老闆算是一个大地主吧，從上一代那裡繼承了一片離阿姆斯特丹机場不遠的土地，他沒種花也沒蓋屋，就只把這片土地弄成一大間車庫，專門租給人放車，平日嗜好釣魚，如果沒客戶相約取車，他就放心去釣他的魚，而現在，即使客戶來取車，他也不必在場了！

這樣下次你把車開回來，就能自助了……

這麼好命的人卻沒出過國，你能相信嗎？

每个人選擇不同……

你的指紋才能開門—

老闆走後，大王还在玩他的門玩了好一陣……

我現在要進入全球最大金庫了吧！

我应該幫我的手指保險……

好了一別再玩了……

很快地，欧洲之行也結束了，依照慣例，就是把車停回來，然後我們去机場報到，但是，這兩回大王的習慣卻改變了，以前我們最後一天總是兩老自己默々走人，但最近，大王卻喜欢叫瑪优載我們去机場，小孩跟著來送机……前一次，喜欢爸々的愛传还差点哭了出來，真教我不忍……

我

我們还当回到以前的習慣，自己搭計程車去机場，不要讓他們來送……

王……

← 瑪优的車緊跟在後，先是跟我們去放車，再載我們去机場。

我個人經驗裡，和自己有感情的人，而且是面对稍微長一点的分離，其實去机場送机是更難过的！朱自清的父親如果沒去送火車，更沒有買橘子，他也寫不出那么感人的背影……

还沒到机場，我就覺得愛传又快哭了，本來，我也開始有点悶々不樂，但沒想到，竟發生

誠實說，會造成這一頁所寫的這種處境，我多少也是有責任。

我實在不知道過去大王和瑪優是怎樣在相處的？打從我們一開始去荷蘭看孩子之初，所有的事都是自立自強的──自己去找飯店、自己去搭計程車、自己去摸索關於荷蘭的任何事！有時一些事小到只是想知道某個商店在何處，大王都打死也不願去問瑪優！寧願自己去找路人問！

一直到我開始幫瑪優修門閂、補沙發、車窗簾、補裙子之後，瑪優也才開始會主動提供關於荷蘭的資訊，而從此，大王突然也開始覺得很多事拜託瑪優幫忙是可以的，於是乎，連去機場也要請她幫忙載送。

我不是很介意這樣互相幫忙，我只是非常納悶他們倆以前是怎樣一起生活的？難道完全都沒有互相過？

意料外的事!

車子停進車庫時，一切順利，大王的指紋也開了門，我們下車拿出行李，然而，卻走不出大門!!!

怎麼會這樣!?裡面這面竟然沒裝可以開門的裝置!!
我們被關在裡面了!??
怎麼辦??我的指紋行不行呀?

還好瑪優的車子沒有跟著開進來，而在閘門外等! 不然我們一家子就全被鎖在車庫裡了!! 閘門是那种自动門，当指紋建档人開了之後，几分鐘之後，門会自己再慢慢關起來，然而，指紋辨識器是裝在門外那一頭，即使手能伸出去也碰不到……

最後——爬牆
哈哈哈哈哈——
臭水溝
行李是丟過去的

就在我和大王驚險挑戰百戰百勝時，全家人簡直笑翻了! 這一次，我還真是有點感謝那位愛釣魚的老闆，讓我們在臨行前留下快樂的一笑!!

聽大王說，他上一次自己去荷蘭時，這個車庫的門又出狀況，指紋怎樣輸入門都打不開，老闆也不在，所以大王乾脆就把自己的車留在閘門之外！也就是，大方地堵住整個出入口。

即使是這樣，老闆依然事後也沒有來聯絡抱怨。問題是，大王一直想找他，想問清指紋的事，想了解以後究竟要怎樣出入。但，完全找不到老闆！

老闆啊老闆！你究竟是否還活著啊？要見你一面，怎麼這麼難・・・

穿鞋

衣服可以不買，鞋子很難照辦！

我發現自己可以一年不買任何一件衣服，不過鞋子我就無法做到。而事實上我對鞋子又充滿了矛盾和衝突，因為我是「好想要」穿高跟鞋的，我夢中幻想自己美好的畫面，都是穿高跟鞋的！然而現實生活中，只有平底鞋才是我真正慣穿、常穿，且不悔的鞋種！

基於此，儘管每次要買鞋時都是幻想著高跟鞋，而實際買下去的依然是平底鞋。

但我還是從來沒有停止幻想過高跟鞋！

前幾天才買了這雙鞋

是在網路上買的。考慮很久什麼顏色好，最後決定選深藍。結果收到鞋子後我嚇一跳，因為寄來的怎麼看都是黑色！我還把鞋盒外殼檢查了一下，沒錯啊，它是標深藍（NAVY）。可是我怎麼看也覺得它是黑的，頂多，像是染壞了（沒染足）的黑！

悶悶不樂了好半天，隔天早上大王要出門時，看到了放在一旁的這雙鞋，他說了一句：「這是深藍的吧？妳怎麼會買這顏色的鞋啊？」

我突然覺得，大王的嘴巴從來沒有如此甜過！

本來，愛穿布鞋就是因為它該舒適、方便行動，結果找一腳踏入小鞋裡!!

鬆緊帶

不對！明明大拇頭還碰不到鞋尖呀！這真的沒有太小！!!實在是大一號沒錯！

因此，我認定它就是鞋子寬度太緊的問題！錢都花了，不能隨便浪費，所以我決定從此常常穿、天天穿，把它撐鬆！

忍

我的天——痛呀——

忍

買菜穿

和朋友聚餐也穿

忍！

無時無刻不穿

一陣子之後，鞋子沒變鬆，我的眼袋卻鬆垮了……

是它!!!

是這個鬆緊帶太勒了吧?!我要把它剪掉!!!

一定是這樣了!! 畢竟這双布鞋是那种淺口娃娃型的

我腳指碰不到鞋頭,淺口的包覆範圍也那麼有限,除了橫在腳背的鬆緊帶太緊之外,还能是什麼原因呢??

奮戰了這麼久之後,我毫不遲疑地亮剪刀,和鬆緊帶一刀兩斷……絕对不再穿小鞋!!!

咦?
那是啥???

有東西掉出來地……

原來……原來……半個月以來,我穿著一双沒有把撐在裡面的厚紙板拿掉的鞋!!!

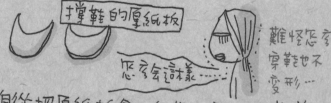

撐鞋的厚紙板

怎麼会這樣

難怪怎麼穿鞋也不變形…

自從把厚紙板拿出後,鞋子完全很正常,並不小,也一点都不緊,但,鬆緊帶已經被犧牲了……

不是吧……是眼細吧?

你確實該回台大去檢查眼睛了……

对,我的眼睛一定超差

難怪会选錯老伴

笑夠了沒?要不要喝苦茶潤喉?

夢幻的逸品

很久以前,在網路上看到這雙 L' AUTRE CHOSE(品牌)的鞋,鞋跟內有個小木屋,我當時立刻就喜歡上了,但是為時已晚,這雙鞋很早就斷貨了!
後來我一直在注意挖空的楔形高跟鞋,想買一雙普通的中間挖空的楔形高跟鞋,再買一些小屋模型什麼的,自己來組裝。
不過呢,我始終沒有看到滿意的,而好不容易今年初看到一雙我認為很合適的,我又嫌它太貴!(要200多美金)
所以這雙鞋只能永遠在我夢中了。

好運到！

美國景氣不好也已經好幾年了，新聞常～也在說×××又祭出什麼方案，×××又端出什麼辦法，不過，我都不曾有感覺！

次級房貸風暴後，不是說房貸利息要調降嗎？

怎麼我們家的还升高了？你要不要去問一問呀……？

爆肝危險群！

我很忙，没時間管這麼多了……

所以，我們也算一直得過且过地活了好些年，但是，夏天來了，房屋週遭環境不得不整修了……

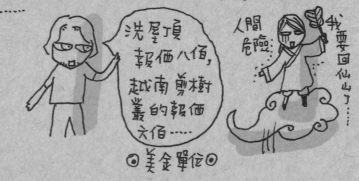

洗屋頂報價八佰，越南剪樹叢的報价六佰……

人間危險：

我要回仙山了……

◎美金單位◎

後來有打電話去和貸款銀行談，沒想到銀行竟然說『我們反正也想要結束房貸服務了，歡迎去別家貸款』，意思就是說，他們不想貸款給買房子的人！

這種情況當然是意味著貸款很難賺，搞不好還讓他們銀行賠錢，所以寧願不做房貸了！天！可以想像狀況有多糟！···

屋頂因為高滑，尖形的頂連站立都不易，八佰元我或可理解，但那樹叢六佰不含剪較委些（越南人說太高了，剪不到，他也沒工具），我就覺得有点不是那麼值得，畢竟那只是一面大約四公尺的圍籬而已…… 正在猶豫間，有一天我已經聽是有人在外面剪我的樹籬!!!

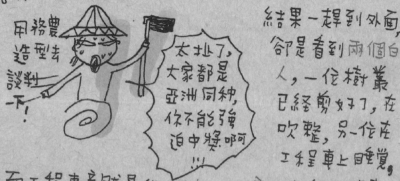

甲務農造型去談判一下!

太扯了，大家都是亞洲同種，你不能強迫中獎啊!!!

結果一趕到外面，卻是看到兩個白人，一位樹叢已經剪好了，在吹整，另一位在工程車上睡覺，

而工程車竟然是我們 kenmore 市政府的工程車！

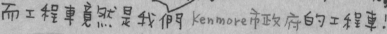

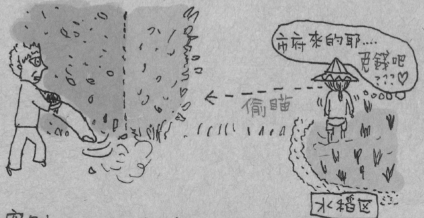

市府來的耶…… 免錢吧???♡

← 偷瞄

水稻区

突然之間，市政府竟把我們的樹叢修去了!!我們立刻省了六佰，怎能不令人驚喜!!!

福
氣
！

這还不是唯一，六月初時，我們突然收到一張一千兩佰元的退稅支票……（美金）

我去年收入完全不知何，再加上大王被預扣的所得稅已經夠多，所以事實上我是沒繳出一毛錢的稅的，沒想到，竟平白無故又賺了一兩萬台幣！！

這裡要稍做解釋。

在台灣，有些公司發薪水時，會直接先代扣掉所得稅，事後納稅人如果不必繳那麼多，自己再去申報再去退稅。大王的公司也是如此，不過好像你可以自己設定要代扣多少％數，所以大王自己設定的代扣率有稍高一些，因此我們夫妻倆合併申報時，通常就還有稅可以退回來。

大王從來沒有要我把我該付的稅繳給他，就是我倆的稅都是他一人在繳。

在我沒有幫忙負擔繳稅的狀況下，大王還把退稅分給我，這根本等於是他給我錢。

出院

自從我買了一台DS Lite給大王後，其實机器一直輪不到大王手上……

又在打DS，根本不是買給我的嘛……

不是不是買給你？

好喂我自己要，我才不會買藍的咧，

我很忙，不要吵！

電玩真是越做越好了！即使是這種掌上型的遊戲機，都還是有帶著對應機制，例如COOK-ING MAMA煮某些菜時，還要對著機器上的麥克風將菜吹涼，實在是很人性化的感覺！有些音樂遊戲還要你對著麥克風跟唱（簡直像神經病吧？如果被外人看到）！

所以有時候我也玩得很羞愧，明明都那麼成熟了，還做這種幼稚的行為！

身為一個漫畫人，我對電玩的興趣從來沒少過，尤其是画面好又設計得很有趣的遊戲，總是会讓我輕易就著迷！

小姐，你到底要不要煮飯呀？

不要玩到家事也不顧!!

Cooking Mama →

煮飯!? 我不是拼命在煮了?!

（煮飯遊戲）

瘋狂病院

看起來確實就是很恐怖
的遊戲。

對⋯⋯就是這樣，就是因為我太容易著迷於漫畫、
電玩的世界，所以雖然喜愛電玩，我還是有從
來美國住之後，將近七年多的空窗期！這也算是
我刻意拉遠的距離，然而，現在又一手沾到
DS了，我很像个七年沒吃到肉的人，飢渴不已！
在很短的時間內，很快煮玩一、二兩代的妙
廚老媽所有的食物，也去住了黃昏飯店215号房，
(HOTEL DUSK Room 215)，更在Tamagotchi鎮
經營了達皇家級的商店城！所以最近，我住
進了瘋狂病院——DEMENTIUM: The Ward！—
通常走到這裡，就可以稱為玩家了！因為這种
遊戲操作困難度較高，如果不是玩家，根本就
打不過吧⋯⋯

啊啊

啊啊

好恐怖！！
好恐怖！！！！！
救人呀

不人道！
不人道呀

靜音→
在玩！太怕了！！！

会過關才怪！

我果然不是玩家級的人！不過，我真的超想
知道故事過程和結局！電玩世界也不能小看的，
很多著名的電玩也搬上大螢幕拍成電影！例
如惡靈古堡、古墓探險等！(而這些也都是操作
困難度高的玩家級遊戲)

以前我身邊從不缺乏玩家級朋友，然而現在在美國，想看故事就一切只能靠自己！

「何在跟......」

「卑鄙!!妳這樣直接作弊啊!!」

「這道門密碼是xxxx，太好了」

網路上找到的完全攻略法。

直接打!!

這樣算卑鄙?? 才不呢!! 既使按照攻略大幅偷工減料地打，對不起，我還是玩不過!!! 什麼是卑鄙? 我買的是二手遊戲片，裡面很幸運地，有一个前任片主破關前最後的儲存紀錄，我為了看結局，終於去打開他那个紀錄了! 果然是玩家，武器子彈全滿，血也沒損一滴! 可是～可是～要看結局我还是得自己去打死最後一關的大魔王!!! 而見到大魔王之前，沿路都还是有那些該死的鬼和蟲!! 我玩了前任片主的紀錄十次了，十次都还沒見到大魔王就死在路上了!!!

最後的最後，我在YOUTUBE看結局......。

YOUTUBE

因為靜音在玩，完全不認得音樂......

「這个音樂原來是這樣......」

「感謝這些大小事都願錄影的玩家呀!! 若沒有你們，我出不了病院!」

我去年過年時，還是將這個遊戲連同機器帶回台灣，因為，始終覺得我沒親眼看到破關畫面在這機器上播出，就是浪費錢（雖然我遊戲是買二手的，但依然是正版啊）。

先是我弟弟試了，他從我最後的紀錄打了又打，還是見不到大魔王，而且比我還早死很多步!

然後我和前夫阿輝也約了見面，照例是又把機器帶過去，果然阿輝比較是玩家（雖然他一直謙虛地說很久沒碰這類遊戲了），他第一次就見到大魔王，只是殺不死他。不過也花不了多少時間，他很快抓到訣竅，真的是很短的時間內就把魔王成功地幹掉了，我也終於親眼看到破關畫面，了無遺憾了! 真是也感謝阿輝太太妮姬，容忍了我這種幼稚的行為!

瑪莉雅的人生

家具確實有分室內室外用！我以前放在屋外的桌椅並不是適合室外用的，所以果然幾年內就爛壞了。

這次要去ＩＫＥＡ買室外桌椅時，我就特別注意一定要選室外用的，所以這個木頭桌的木頭是耐水耐日的，塑膠椅子也是耐曬的，本來是準備買五把顏色皆不同的椅子，奈何當日黑色缺貨，最後還是只有買了四把。

（其實桌子的樣子我沒有很滿意）

兒子們要來西雅圖了，大王為了能在他們到西雅圖後能有一些假陪他們，所以這一陣子雖忙，也不敢隨便亂休假、請假。因此，我也把居家環境整理都排在週末假日……

你不是說要去ＩＫＥＡ買戶外桌椅？這星期日去！

那打掃庭院怎麼辦？

聽著！我不想兒子來了才匆匆去買桌椅！如果他們還得一起去，我會發瘋！ＩＫＥＡ那种擁擠的地方……

英文好的瑪莉雅？好像耶……

你算得可真好……這麼一來，所有打掃的事不就全落在我身上了？你這九天又不能請假……

好吧！誰叫我堅持不做土裏心的後母呢？那也只好認命地当瑪莉雅了！不過，IKEA是个危險的地方，這裏，瑪莉雅前世仍有記憶！

聽著！苦力已經落在我身上囉，你要去IKEA，就千萬不要在裡面給我失控發狂！！

也不要再把桌椅給我摔在地上走人……

前世記憶 --→

寶廳有肉丸馬鈴薯，我在那等你…

IKEA 最安全的区域。↑

僅管如此，我認為，保險多買一臭肆沒錯！我很勤快地先去IKEA網站把所有要買的都事先看好，抄下品名、甚至量好大小尺寸，以防發生車子裝不下的恐怖慘事，導致世界末日……

有這麼誇張嗎??

這是我喝了什碗孟婆湯也忘不掉的記憶…

但我不求你了解

通常，正因為我事前有做功課，所以這几年來去IKEA，我們並不需逛IKEA！我們可以直奔倉儲区拿貨付款就行！可是，IKEA並不是這樣設計的！倉儲区通常是在最後的地方，要抵達那裡，必需從入口進入，走完彎曲又長的展示区！！

有時候，我也是會越想越生氣的···
買東西是為了家裡，而不是我個人的慾望，而且買來後，通常組裝的人也是我，所以大王憑什麼還敢發那麼大的脾氣啊？一旦這樣想之後，連我這個好太太也是會突然「事後發火的」，而且這個「事後」有時竟會長達幾個月之後！
因為事隔太久了才發作，大王就會更加覺得我是在翻舊帳，是小心眼計較來著，所以吃虧的總是我！最後我會把過錯乾脆全推給ＩＫＥＡ，反正那裡就是禁地就對了。

所以這段生死路上，只有餐廳是我的希望之所在……

你最愛的肉丸呀！怎麼吃這麼少！?…

不知道……食慾不太好…

這樣很恐怖喲！

不祥預兆……

果然，在結帳向來緩慢的美國，也老是有令其更加緩慢的顧客！

這ケ抱枕是套子一ケ價，填充物另一ケ價的…

可是它展示區裡只標一ケ價呀！

而且它們本來就套在一起……

我就知道！我就知道！！耶穌

桃木劍

符

刻不容緩

我也知道……阿彌陀佛……

不論你配合了多少，不論你犧牲了多少，遇到大王就是少有平靜可言……大王加上IKEA，是要多少勇氣，多少信念，才能挑戰的！

因為你，瘋狂病院我也打到最後一關！

鬼和你比起來，你實力更在之上……

妳好像，並不怎麼忙嘛？

我不可能有你說的那麼壞……

耶穌之名是大王最愛用的口號，但在美國，這是非常有「抱怨」的意思，很像我們說「我的天啊」（但說這句話時口氣當然要很不好，不耐煩，而不是在讚嘆什麼）。

就有好幾次大王和我講完電話，都已經說完再見了，掛斷之前我都還聽到他喊了耶穌之名，當然，他自己並不知道這句已經傳到對方耳中，他八成以為自己電話早就切斷了。

妻子八年的資深經歷之後，我並沒有立刻生氣，並不立刻認為他這樣是在對我不耐煩，我可想像出很多種可能，例如：他講電話的環境可能有人在後面吵鬧；或是他正在抽煙，煙灰不小心掉在衣服上；更有可能他正在開車，而前方有個白痴駕駛人‧‧‧可能性實在太多了，沒事不要自己對號入座。

可是我認為這件事有必要提醒他！萬一他和上司講完電話也這個樣子呢？別人不見得會和我一樣了解他，可能大王直接就和別人埋下仇恨的種子，而且一點也不知情！

果然提醒之後，我再也沒再聽到耶穌傳福音了，很好很好，就算之前真的是針對我而不耐煩，至少我現在是耳根很清靜了。

保齡球 特訓

我的雙子座繼子們，在不久之前的生日才得到 Wii，他們相當著迷於保齡球遊戲，所以…

父王

兒子們！我們也要打真正的保齡球!!

將來才能登上王位……

UK

OK

保齡球啊……我小時候也打過呢……

怎麼設登上王位……？

回想起來，我的童年雖然沒有Wii，卻因為一間麵包店，還過得蠻多采多姿的！

那時候那家麵包店的老闆是個單身的大哥哥，其實應該叫叔叔了，可是因為他還蠻童心的，人又長得算高帥，又賣麵包，蠻得附近孩子們的喜愛，所以我們沒事就把他的麵包店當作晨間溜冰的集合地，而且他也不介意。

因為感情不錯，他甚至就常帶我們去打保齡球（他單身沒會約嘛），我就是因為這樣才接觸了保齡球。

結果，從那一天開始，我們意外地幾乎天天去保齡特訓……

什麼!?搭這種東西，巧小朋友就要巧元?!

我們巧人打一局保齡球也才巧元!

保齡球！

YA!!

保齡球！

弱勢→

可是……也不能一直……

水上碰碰小船

愛傳

托比

大王

就這樣，突然大家都成了保齡球迷……但，

球太重，所以小朋友球還是經常会足八跌到地上……

"0"
那是什麼欄?! 作弊呀!!

專門給小朋友的优待! 所以他們不会洗水溝!!

輪到大人時，柵欄就会縮回地上了

小朋友們跪趴在地上，加上作弊欄，有時球像撞球般地又字前行，也还總能打中八九瓶!! 但，

YA!! 全倒!!

NO No No! 保齡球又不是撞球

至於大王，靠著蠻力狠幹，也打得不錯——

水溝　水溝

NO NO NO!!! 保齡球也不是鉛球!!

而且，那是什麼天理!?!

還有從水溝彈回全倒的!?!

什麼姿勢呀?? 狗吃屎嘛……!!!

我小時候有打过保齡，我自信我的姿勢最正確! 該是我出場了! 實在看不下去了!!

看得出來柵欄嗎?

霉,十次以後,我再也不顧姿勢正確與否了,就是以打中瓶子為主要目的!但,無論我怎麼狗吃屎、趴跌,我就是成為完美的洗溝員!!而我的兒子們正好相反,他們漸漸學到正確姿勢,几次後竟然完全不会碰到作弊欄也能打中八、九十!!變力推球的大王也不再將保齡当鉛球甩了,他們每局都能打到100分以上!

(沒人幫我拍英姿・・・)

恐嚇

大王右大腿接近屁股處，已經無故痛了兩个半月了⋯⋯

千萬別被我誤導，大腿痛絕非肝癌的現象之一！只是我自己一朝被蛇咬，自然那個陰影永遠在。大王不僅經常工作得很晚，就算是休假日時，他的作息也還是不正常，所以我自然會覺得他的肝沒有休息到。而他的肝沒有休息到，當然會讓我很擔心！更何況他週末假日還會喝酒⋯

如果不是我這樣繪聲繪影一直恐嚇，大王怎麼会認真看待這件事⋯⋯

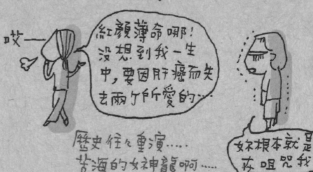

有恐嚇有差，大王先是在網路上查讀了肝癌的資料，(哼！以為我不知道嗎？) 最近，終於認真去掛号看病了，还預約了全身健檢!!

這樣妳滿意了吧？

如果財産都过户給我，我就不会理你死活！

這樣就非常滿意─

事情是分兩頭積極進行的，在等待全身健康檢查期間，大王也仍一辺看腿……

骨科

這是你的X光片，我懷疑有骨剌…

不过，我仍建議再照一次MRI，掃描一下……

搞什麼呀，我一生究竟要MRI几次？

你全身都被看透了吧！

先是暗，然後是晤，現在是腿……

骨科医生為了検查，也把大王的腿搬來扳去，而隔天去健檢，另一个医生又再次因大王特別提及腿部問題，而再扳了一次王腿，兩次之後，大王竟演變成拐杖使用者……

難怪在美國看醫生會那麼貴！我覺得他們有點浪費耶，舉例來說，摸個骨（觸診）或照個X光，他們就發給你一條「一次性」短褲，雖然這種質材是暫時性的，並不是那種可以穿出去外面逛街的，可是我發現我家不知不覺就有兩件了！這是有點放費吧？

如果你不覺得，再請繼續看次頁邊條。

這種質材是像高級皮包會附送的收納防塵袋，並不是很柔軟可親，也不能當內褲穿，所以等於是用一次就丟的！

我的天，有沒有愈來愈嚴重??

不知妳現在滿意否？

要我去申請殘障停車位嗎？⋯

what a good idea～
快去申請！！

还好兩个兒子还在西雅圖，而且他們其实都相当不愛外出，看医生的這几天瑪优也接手帶孩子，所以一切还算安祥⋯

什麼安祥，我痛死了～好痛呀～

而且医生还说有可能要開刀，萬一開刀了，我們家樓梯這麼多，我怎麼回家呀？

說的也是哦⋯

輪椅也很難下得來呢⋯

你這很毒的婦人

而且楼梯沒修，你的車子也塞滿車庫了，連車庫也沒得睡⋯
你还真是作惡多端呢！⋯
平常就該多聽老婆話，才会大富大貴嘛！現在遲了吧⋯

如果要開完刀了，即使開完刀就可以走，不必住院的，也還是有以下東西可以拿！
（一）小彎盆（？）
（二）防滑襪（動手術當然不穿鞋，但又怕你清醒後走動滑倒）
（三）衣套（給你裝脫換下來的私人衣物鞋襪等用的）
醫生告訴我，如果病人不拿這些東西回家，他們也是要丟掉的，不會再給別人用。

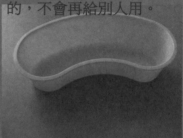

壞心的後母登場

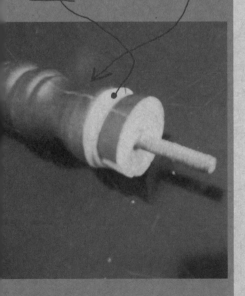

這根腳柱就是像這樣，有裂開，
所以中間這根螺絲就算
轉入木頭內，也已經沒
什麼支撐力可以卡住不
多動。
而我現在只好在這裡捆上
強力橡皮筋，把裂木圍緊。

以前一直害怕孩子們長大後，会開始恨我這ㄍ後母，没想到，這种悲劇还没上演，我就先成為一ㄍ「壞心的後母」了！

事情的起因是這樣的——兩個小朋友在屋內追玩，三ㄍ大人在屋外院子聊天，突然小孩之一跑來說：「貓床的腳被我們撞斷了，但我修好了喔！」

看，我修好了！簡直如新的一樣！！

←只是撐回原位，輕ㄟ一搖就会垮了！（註：這是我的地球儀改裝的貓上下舖床。）

哇～好棒喔！
再買膠來黏就好了吧？（应該吧~）

瑪伐

跟我+多年的東西

台灣帶來的……

目前是勉強還能站立著，但是貓咪再也沒回到盆裡睡了，不論是上舖還是下舖。

孩子們被訓了一番後，瑪優当日的行程是帶著孩子去訪舊友，所以三个人就外出了，我的面孔臭得像鮮菜一般，看著似乎完全無法修的地球儀木架生悶氣……

借問一下，好要為這种事生氣到什麼日寺候呀？

依克斯Q斯密！！！有人為毀壞我的東西而說一声抱歉嗎？？？？？

还敢問我要氣到何時！！？？你們這些人是有什麼 毛病！？？？

生了一个下午的氣後，傍晚我終於願意冷靜下來好好溝通……

願意著！

意外總是会發生，而孩子也只是孩子，問題是，你們做父母的態度也太怪了吧！？孩子弄壞別人的東西，沒有教他道歉，还得到讚美？？你們的常識難道超乎宇宙嗎？

説的也是！我还該教他們道歉！还有瑪优！

道歉?? 我真是奢求了!! 常借用我的愛車乳牛号
出門的瑪优，回來不但連一声謝都没說，
还抱怨我車子会「發不动」! 小孩們也說我
的車熱死他們了！(他們自己不会開冷氣，
反而開了暖氣，不是我的車有問題!)

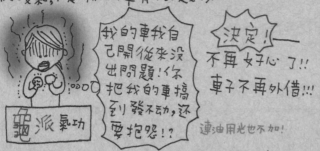

我的車我自己開從來没出問題！你把我的車搞到發不动，还要抱怨!?

決定!— 不再女子心了!! 車子不再外借!!!

免派氣功

連油用完也不加!

各位父母們！帶小孩不容易，你們很辛勞偉大我
知道！但，小子亥不能永遠是对的！或，
有小孩的偉大父母也不是永遠是对的！
我的正義都还没獲得，我的貓緊接著又
遭映！貓咪一般而言都会自己躲著小孩，我的
貓也不例外，早就讓出宮廷縮在洗衣房，没想
到孩子們說我的貓对他張牙發出ㄎㄎ声，
所以他們要帶著噴水器去对付!!

反正只是噴水，应該没關係……

瑪优

不！不对！

不！不可以，你這樣对貓，貓以後更会ㄎ你!!

回魂一

瑪优呀，這是怎么一回事呢?? 我照顧妳的孩子，
妳怎么没有反过來也愛護我的貓呢？我去妳家
幫妳修東西，妳怎么完全不在乎我的東西呢?…
於是，一ケ壞心的後母開始登場……〈下集續〉

這件事會讓我生那麼大的氣
，還有另一個背景原因。
瑪優從她媽媽那裡繼承了一
些古董家具，其中一個套件
是一組老餐桌椅，這裡面有
一把木椅子的腳是壞掉的。
每次去荷蘭她家，她強調又
強調，那一把椅子絕對不能
去碰，因為她不想椅子又壞
得更嚴重。
因為她有這樣的東西，她不
是更應該要理解那種心情嗎
？我們去她家也從來沒去碰
那把椅子，即使我曾經想幫
她修，她都會說那種木造物
要給專業的人去修，那為何
我的東西「買膠來黏」就好
？而且，她終究是沒有買來
給我啊！膠呢？

壞心的後母登場 續篇

我去瑪優家，或是去我小姑家也一樣，因為主人會負責吃喝的供應，所以我這個做客的，一直有個最低的自我要求──每餐飯後，我一定幫忙把所有用過的餐具杯子等，全部收到洗碗機裡面，甚至幫忙把流理檯清乾淨。

別人來我家我是不會這樣要求，多數是請他們把用過的杯子收到洗手槽放就好，因為我比較會疊疊樂（善用洗碗機裡的空間），所以我完全不介意自己來放入洗碗機中，但如果客人能將這些器皿至少拿到廚房來，我就會覺得完美了，並不要求到那麼多。

我一直有當小說家的夢想，雖然沒設定自己該寫哪類型的小說，但是犯罪和偵探類的點子，似乎比較是我常放在腦子裡想的。

如何殺或害一ㄍ人，方法我至少想過一百種！然而，你知道嗎？我覺得最完美的犯罪，是讓一ㄍ人自己殺（或傷害）自己！那些想要当神主宰別人的生命的，都錯了！真神並不做任何事，因為人類自己就會害自己了……（順便一提，這大概是我小說一直寫不出的原因！）

當一ㄍ壞心的後母是要做些什麼呢？不用毒蘋果啦！答案是：什麼也不要做！你如果事後認罪惡感反噬，那就太傻了！

家貓平常当然是會躲著孩子玩，但是，你以為人類出門後，他們还会客氣嗎？每杯桌上的水，他們一定会去喝一喝，每件攤在客廳沙發的衣物，他們一定会去滾一滾，沾上貓毛是小事，有時还会有意外礼物呢!(吐出的毛球)滿地画作和玩具，他們也不会忘記去破壞一下!

你們以為，过去我每天都幫你們收拾，是因為我这後母眼裡容不下你們的「自由」嗎？

我真是非常壞心呢～

錯了!!

我一直就是好心地在保護你們的東西!!

因為我也不屑再当傭人洗杯洗盤，大家当然就重複使用攤在桌上的!不知不觉也不知道喝了多少貓口水呢!一堆攤在客廳的各种衣服，脏的、乾淨的，甚至新買的，貓咪一件也沒放過唷!这个渾然天成的進展，我真是滿意到不得了!而我不过就是什麼也沒做!!

我可是当过忙碌的四格漫画日刊連載的!!

誰会比我更能忍受脏亂呀!? 哈哈哈哈哈……

我客廳的桌上，確實是有放這樣一杯水，而它是給貓咪喝的。

每次有客人來時，我都會提醒「這是貓咪的水喔，不要拿去喝」，瑪優和孩子來的時候我也不例外地提醒過。但是他們一群人太忙了，也太不願意幫忙整理一下了，所以小孩頑皮把貓水拿出盤子外，也沒人注意到，隨後，當桌上亂成一團時，哪一杯水是誰的，早就沒人還會記得了!所以不慎喝下貓水，完全不是太難的事!

而我的讀者們也都該清楚一件事——我家的貓咪們，並不是我主動要養的！所以，我一點兒也不受那良心的譴責!!

相信我，世間事多半是自作自受的！你壞習慣越多，傷害的也只是你自己！还不用神來追罰。

噗~（笑）
我哪有那麼多規矩啊？其實我沒有！我這麼懶的人，自然最了解懶人的心情！所以來我家懶，我根本不會介意好不好？完全不會！（我自己又不是多整齊的人，我的習慣更是差得很！只是去別人家做客時，會假裝一下罷了。）

這件事從頭到尾只是報復而已，如果沒有發生我的東西被毀壞卻沒得到一聲對不起，如果沒有發生這件事，我根本就不在意順手幫忙把東西收到貓咪指染不到的地方！一切真的是只有差那一句對不起。

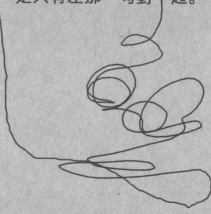

FiDO

大王的腳痛檢查出來是股骨壞死，医生建議開刀。由於這已經是我認識他以來第二次動刀了，所以，我們都沒看得很嚴重，我对他的同情也只剩下「手術前一晚開始不能吃喝，很可憐」！大王自己的自憐也差不多是這程度……

醫院的等待室，大王開刀時，我就是在這裡等待，光線和景緻都不錯。不過後來我無聊了，在醫院病棟間亂逛，差點迷路回不來‥‥

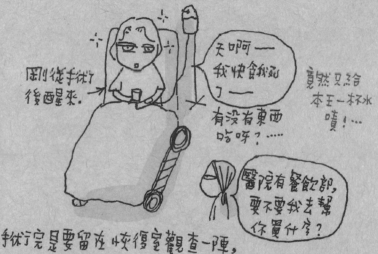

剛從手術後醒來→

天啊—我快餓死了—

有沒有東西吃呀？……

竟然只給本王一杯水哦！…

醫院有餐飲部，要不要我去幫你買什麼？

手術完是要留在恢復室觀查一陣，才由医院決定放不放人，但大王早已吵著要出院去吃飯了，而且，还一下子就要去吃到飽的餐廳！

我已經餓我了16小時了！…

吃点東西不过份嘛…上次開完刀都有冰淇淋吃…

那是為了讓你的喉部冰敷下來！

上次是切除扁桃腺。

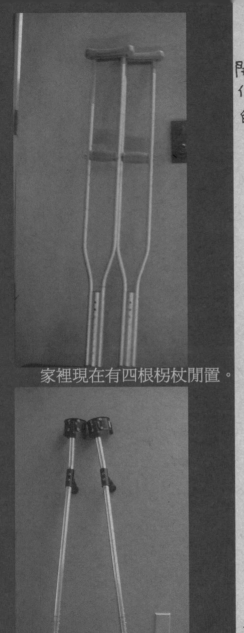

家裡現在有四根枴杖閒置。

開完刀立刻有体力和護士爭進食權，當然是狀態很佳囉！所以医院也就放人了，我則是那位簽收的責任交接者！

他可以吃喝，但是最好不要一下子就暴飲暴食……

好，我會注意的……

竟然只給我幾片蘇打餅下，多敷衍呀！！！這家医院！！……

就這樣，手術完一小時，我和大王已經坐在一家吃到飽的餐廳了！因為大王杵拐杖，所以，當然是我去幫他拿食物……

很大一盤生菜沙拉。

幹嘛？不夠你大盤呀？

快吃呀！！！

我簽了名接收的！你不要為難我！！

一大堆蔬果墊底後，大王雖然也有吃到肉類和其它，但果然也不至於吃得太激烈，很快地，我們就回家「挑戰樓梯」了！忠實的讀友們定該知道，我家的「危機」大王都一逕放著不找人來修，現在，有誰比他更需要一座安全、穩固的樓梯呢？

僅管我們兩人一心注意「要小心」！拐杖新手的大王還是滑了一跤!!! 咚咚咚的声音一路敲到楼梯底下才停止，我們在無声中飛魂!!!

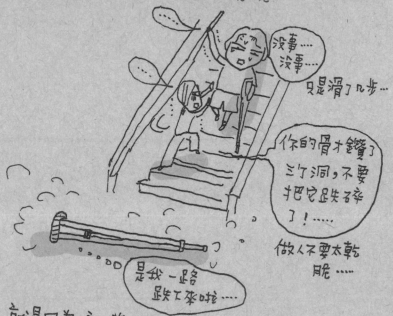

沒事……沒事……

只是滑了几步……

你的骨才鑽了三个洞，不要把它跌斷了！……

做人不要太乾脆……

是我一路跌下來啦……

就是因為這个驚魂，從此，我只要聽到拐杖声，不論人在何处，一定飛奔到大王身辺……

Fido，你來了呀？

我只是要小便而已，不用跟……

誰是Fido呀？

不喜欢Fido呀？那叫Lucky如何？

這樣的日子，聽說要維持六星期……

大王出院時用的是普通枴杖，但是後來他覺得腋下靠枴杖的地方很痛，所以又去買了環臂式的。

現在他當然已經不再需要用枴杖，而我雖不知留這些要幹麻，仍從不打算把這些枴杖丟了（很浪費嘛）。果然東西留著還是有用處，有一天我在網路上看見一位藝術家做了一張桌子，桌子的四根腳就是用枴杖做的！我覺得還挺特別的，雖然我目前也還沒時間去ＤＩＹ。

追星人

自從商人們開始把隕石磨成圓珠後，我覺得真是个好idea！

宇宙愛♡

終於可以把隕石偷々戴在身上了！！

我先是從台灣買了一顆捷克隕石珠，後來欲罷不能，決定要自己串一條手鍊，所以又從美國東岸買了8顆捷克隕石珠，結果……

不夠長啊——太緊了……

正當在尋找更多隕石珠時，我又心生了另一个主意——何不也用其它的隕石珠混串在一起？

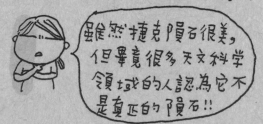

雖然捷克隕石很美，但畢竟很多天文科學領域的人認為它不是真正的隕石！！

NWA869石隕

黑玻璃隕

Gibeon鐵隕

其餘皆是捷克隕石

所以，我又買了Gibeon 的鐵隕石珠，又從日本網站買了 NWA869 石隕石珠⋯⋯ 正在著魔時，竟然有个好心住在日本的讀友寫信來說，她讀了我的書，很同情我以前從日本買杯的辛苦，她非常樂意幫忙，若日後我还有任何東西想從日本採購！

這是外星人派人來助我呀!!

若我还不積極收集隕石珠，就是辜負了天意!!!

就這樣，原本不是非想覺得必要收集的黑玻璃隕珠，也買了！〈積極！積極！〉

⋯⋯

筝々⋯⋯!! 我是不是錯过了什麼⋯⋯？

眾所週知，隕石，若不將捷克等玻璃隕算在內，總共有三大种類——鐵隕石、石隕石、石鐵隕石（石質和鐵質混在一起的）。我有了鐵隕石珠，也有了石隕石珠，更有了許多玻璃隕石珠，但，我少了 石鐵混合的隕石珠!!!這对積極認真的收集者來說，是一个巨大的「遺珠之憾」！

不能怪商人腳步慢⋯⋯

石鐵隕石本來就是所有發現的隕石類別中，數量最少的!!

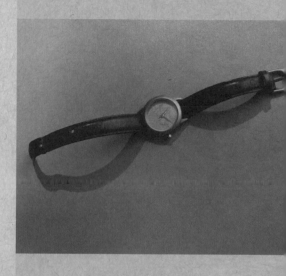

Gibeon鐵隕做的手錶
（只有底下面板是）

這是後來決定不戴手鍊之後買的

但是，這能阻止一个有外星人相助、全球國際追星的我嗎？當然不能！！

稀少的石鐵隕石中，有一个 種類稱為 pallasite — 橄欖石鐵，在鐵質環繞中，坎著透明橄欖石的美麗隕石，它沒被用來磨成珠子，但它被少數珠宝商用來磨成宝石，物之稀，價就貴，可比美鑽石的售價，但比鑽石更難找！真正來自外太空的宝石……

鐵石隕石 Pallasite 之切片

商人取出其中夾雜的橄欖石磨成寶石
（放大圖）

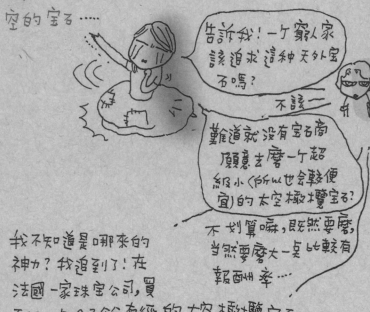

告訴我！一个窮人家該追求這种天外宝石嗎？

不該——

難道就沒有宝石商願意去磨一个超級小（所以也会較便宜）的太空橄欖宝？

不划算嘛，既然要磨，当然要磨大一点比較有報酬率……

我不知道是哪來的神力？我追到了！在法國一家珠宝公司，買到了一个 0.2公分直徑的太空橄欖宝石……

0.2公分？沒寫錯？

很大了！！你這不知好歹的人！！

然後呢？妳該不会想把所有的珠宝掛在身上吧？

最後一小顆呀！被我搶到了耶！

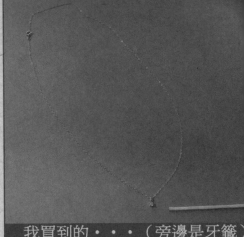

我買到的···（旁邊是牙籤）
順便一提，我買到的東西只是像上圖一樣，磨好的寶石而已，沒有鍊子也沒有基座，這兩樣東西都是自己又找來配的！（竟然有人有賣 0.2公分的基座！）

養生 果菜汁

這一陣子以來,每一次去買菜,我都驕傲得要死——

美國胖子呀,你們都吧胖得瘦吧——

飲料 肉 蔬果

妳對我的食物有何不滿?——

↑滿車蔬果↓

話說從頭,就是我媽寄了一本養生書給我……

相信大家都知道我媽寄了哪本書給我。

這本養生書作者後來還發生了一些家醜是非,所以好心的讀友也來告訴我,該書被爆有欺騙之嫌。

但是我還是有繼續喝我的果菜汁,因為,最基本的,我根本從來也沒有按照書上的任何食譜打過果菜汁,而蔬果多吃本來就是好事,和該書能不能被信任無關。

蔬菜水果是清白的。

妳根本打從心裡就覺得我会死於癌症吧?

沒有呀——一家人都有看這本書了…

張母

那為什麼妳只幫我投重大疾病保險?別人的卻是普通壽險?

你根本認定我就是黑馬!!!

然後也有不少人問我，我是用什麼果汁機？聽到這個問題我嚇一跳，因為我當然不可能會特地去買一台果汁機！就是家裡有什麼機就用什麼機啊，如果怕馬力不夠強，事先把蔬果切一切（切小塊一些），應該就可以了吧？因為我並沒有熱衷到一切按照書本來的程度‧‧‧
上圖是我家的果汁機裝置，這是和房子一起附來的，自然就用了。

那能怪誰？

妳自己看！妳的惡習！
又說水果酸不吃、
又說生菜像吃草、
煙也不戒⋯⋯又不運動！

妳絕對是黑馬！！

⋯⋯

這也沒錯，雖然我也一直很心虛慚愧地吃著存，但，說到偏食，我絕對罪孽深重！

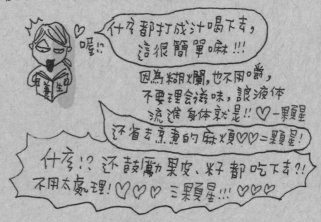

喔!?

什麼都打成汁喝下去，這很簡單嘛!!!

因為糊爛，也不用嚼，
不要理会滋味，讓液体
流進身体就是!! ♡一顆星

还省去烹煮的麻煩♡♡=二顆星!

什麼!? 还鼓勵果皮、籽都吃下去?! 不用太處理! ♡♡♡三顆星!!! ♡♡♡

正因為這本書有打中我懶惰的天性，果皮、種子都可一起打成汁喝下去，所以，我覺得我做得到!

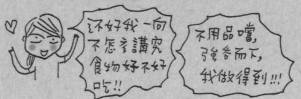

还好我一向不怎麼講究食物好不好吃!!

不用品嚐，強灌而下，我做得到!!!

該書理論是說，生蔬果打得糊爛，可以讓身体不用運作太多就能很快吸收營養，只要你不要把渣渣過濾掉（誰要花那种功夫呀?），不要喝太快，讓它又很快尿走（誰能喝太快呀? 又不是多美味!），它確實是很沒負擔就能得到營養。

就從看完書後，我每天早上就都開始打蔬果汁，書上鼓勵人要享用「各色」蔬果，我反正也不是吃好吃的，我每次去到超市，眼中也只有「顏色」，五顏之色花花綠綠無~不有！一下子，我買菜的比例完全大變!!我覺得我簡直是天下最健康的人!!

我本來就不偏食!

蔬果汁好喝嘎!!

不要喝太快!要慢~喝!!

就因為眼中只有配色，有一天，我驚覺自己把生香菇丟進果汁机……

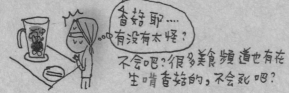

香菇耶……有沒有太怪?

不会吧?很多美食頻道也有花生啃香菇的，不会死吧?

果然那~天，向來深愛蔬果汁的大王喝了一口就喝不下去了……

我不是豬，你別用噴餵我

噴~餵水。

辭話已喝~對我來說哪一天不是在喝噴的?!

不用品嚐，吞下去也就是了，我每天都是如此的!!!

從此，我还是五顏之色俱全，不过，我確實再也不敢用香菇了，因為那一杯連我都喝了2小時……每一口，都像是在向世界告別……

裝置接上果汁機身，水果蔬菜丟進去。

這樣就打出來了。

阿飄⋯

數年前，有一个算命師説我会成為通靈人士，然後，有另一个自稱有靈能的人，説想收我為徒，我為了躲避阿飄，從此遠走海外⋯⋯

馬扁子啊啊 吃我一計貓掌⋯

↖工夫！

國外沒有鬼月，好好哦～

我還是沒有通靈能力耶，不過還是一點也不期待！

倒是有時候剛睡醒時，會覺得我的腦袋好像有裝了天線之類的東西，因為我常常覺得自己收到了廣播節目的音波，有聽到像廣播節目之類的東西，但是待要仔細聽內容時，又什麼都聽不見了。只有感覺，應該是講英語的。

而且我認為這件事和靈異一點關係也沒，應該有科學上的解釋。

話説，距離我能通靈的伝説歲數，实在愈來愈近了，近到這一天隨時可能到來，雖然過去我一直把這件事当笑話想，但，内心深處还是害怕有意外，尤其是在阿飄月，更是慶幸自己身在海外！

美金我來抓，阿飄就留給你们去欣賞吧—

而且，住在沒有鬼月的國外，也還另外治好了我「非要亮燈睡不可」的壞習慣！

就算史蒂芬金來和我睡，也是要關燈的！！！

你們這些作家是怎麼回事！？

魔鬼教練

是是是，教練。

美國有實驗，熄燈睡身體才能進行修補工作，我感謝你——

所以，我不但現在能熄燈睡而不怕，就連半夜起床尿尿也能摸黑前進，一路通暢無阻！

然而，意外總是在意外時發生！我終於遇上了我的第一次了！！！某天晚上，在我尿完尿回房間時，我看見了！我看見了……

虎克船長！？！

究竟是我的第幾項！？

連見鬼都見到名鬼，這樣戲劇化能相信嗎？但當時，我真是被嚇到魂飛魄散！沒有一條魂魄還留在肉身中思考！

我那一晚真的被嚇得很厲害，如果依照台灣的習俗，我應該是要去收驚的！虎克船長是一回事，無預警的情況下看到人影，才真正是魂飛魄散之處！尤其自己還在半夢半醒之間，腦子根本就無法明辨是非・・・

遠目

這究竟是什麼差別呢？妳清醒時也無法明辨是非啊・・・

還好魂魄只跑了兩秒之遠就又回來了，我終於理解是大王站在黑暗中，排隊等著上廁所……

你幹嘛不像平常一樣敲鑼打鼓地發出巨響啊!?

你知不知道我被嚇得差點回不來了!?

你沒事不去航海跑到平民家民房，有什麼陰謀!?!!

←氣到猛跺腳。

你的錯了，你的錯了……立刻去航海

雖然，我的巨嚇確實是兩秒就回魂了，但是，在驚嚇、不解、昏迷的那兩秒中，我實際感覺卻像是有10分鐘之久！而這才是整件事中，最靈異的部份！這10分鐘我不知去了何處？……

現在怎麼辦？我該去航海還是回床睡覺呀……？

剛剛好像真的把她嚇得很嚴重……

難道我也算是難相處？自從這一次被嚇到後，大王每次半夜醒來確實都是很大方地敲鑼打鼓，有時甚至還會把電視打開！開始吃薯片（真是夜半驚魂）！我於是，好幾次都被他吵醒，實在是太不可置信了啊。

然後我又會叫他小聲低調一點，哪有人半夜起來小便還順便吃洋芋片的？相當沒水準，不是嗎？

到底是要人家怎麼做嘛……

睡美人  枕套 ❤

一向很注意商品資訊的我，前几天在X由時報〈电子〉
讀到一个引人注意的商品——

X由
睡覺也能除
縐皮紋!?

偉大的
21世紀!!

傑克! 幹得好呀——直攻我心
!!!

由於報導說，那是一家美國的公司開發的商品——
氧化銅的枕頭套，不僅可以除縐，甚至还能讓膠原
蛋白活化,.....人在美國的我，二話不說，立刻去尋
找這個睡美人般的枕頭套!! 立刻下單——

警告!!
這網站不安全
以时£以呀....

怎麼会這樣!?

人家很窶需要
睡覺美容啊~

可是又想护上個資安全....

↑
在進行付款時出現的警語。

有興趣的人們，網址在此
http://www.cupronsales.com/

這就是我買到的枕頭套。

我也不知道究竟有沒有效？畢竟，誰知道我如果沒使用的話，那差別和今日又會是怎樣？而且我本來就不覺得自己皺紋有很多，所以我真的無法誇張地說它一定有效果。

不過，我自從買了它之後，除了出國期間別無選擇之外，我確實都是每天使用它的，有點像是當做精神寄託般地拜（託）・・・

立刻地，我寫了EMAIL去向該網站反應此問題，可是，並沒接到任何回覆，也不見網站改進……

請各位女性小心，千萬不要告訴另一半妳的美容計劃，只要偷偷美就好……

你相信睡覺也能美容嗎？我相信啊!!——為何不？天下沒有不可能的事呀!!這不是人該有的座右銘嗎？所以，這件事被我記在筆記本裡，認真等待反攻良机！

沒想到机会很快就到了！大王這几天被告知今年獎金的金額，他还滿意，並且早計劃要買一台新电腦送我……

俗話說，机会是給有準備的人，這次，我也準備好了！

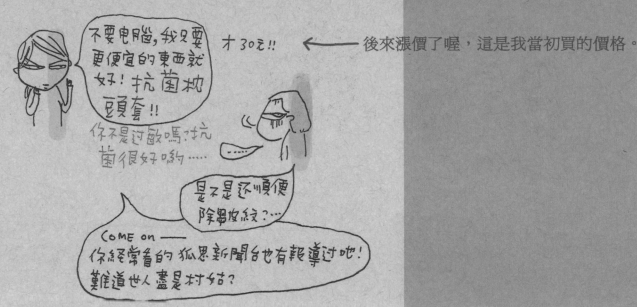

後來漲價了喔，這是我當初買的價格。

其實這個枕頭套並不美，它的質料感覺起來像人造絲（所以是絲光緞面那樣亮亮的），而且有公司字樣的堤花在上頭。我呢，無論家裡的床單被套是什麼顏色，都還是不顧一切地配它，即使衝突也不管了！好加在的是，它顏色是駱駝黃，而不是太奇怪的紫色或螢光色之類，這算是勉強有安慰啦．．．

8 歲 危機！

我8歲大的繼子托比向他媽媽吵了好几个星期了，說要穿耳洞！(單図)

瑪优實在很頭大，於是把問題丟給大王——

或許我太常喊經痛，搞得大家都以爲我很怕痛似的，其實我可是勇的很，從小打預防針什麼的，我都是那種敢張眼看著針戳下去的，吃藥和打針讓我選，我一直都是那種寧可打針的。九年前去刺青時也一樣，並不覺得可怕——我擔心的只有針頭潔不潔的問題。

所以我一直在想，武俠世界中，那種被砍了好幾刀還站起來繼續殺的男主角，應該是有可能的，而且我搞不好也做得到···

大王聽到消息下巴立刻失控，一樣遲遲下不了決定……

然後，大王把問題丟給了我……

真的要問我嗎？

別人的孩子可是死不完的嘛

當然是給他穿呀!!

我問錯人了，妳都有刺青了，區區一个耳洞妳哪會覺得大了？!

我忘了妳是混黑道的…

拜訪如屋——結婚七年多了，你知道我有三个耳洞嗎？你不知道嘛！一个也不知！因為我都沒在戴耳環！

穿个洞有何大不了？後悔把耳環拿下也就沒人注意到了！

有道理喲——

這樣我还可以当个開通、新潮的老爸!! Good idea～

不只是我自己能忍皮外痛，我也不怕戳人。
我其實幫過兩個人用土法穿過耳洞，就是拿消毒過的針（針尖還不怎麼利），在對方耳朵上硬是刺穿一個洞來。而且這兩位都是外國人耶！一位是法國的史提瘋，另一位是挪威人大王——沒錯，他也短暫戴過我倆的定情耳環。
我有時因此很懷疑，我根本是當醫生的料吧？我不怕看見血耶。

我被非專業人士打一个洞耶……

好口年……

自憐了兩個星期

就這樣，托比的要求輕易達成了！
大王迫不及待地打電話去荷蘭，急於当个開通、新潮的老爸！連我都很兴奮，想著將來兒子若要当gay，大概也只敢向我說吧？……那時，我会叫他勇敢地去追求自己的幸福……

我覺得同性戀好被這個世界為難喔！很不公平啊！！！還有身障者及左撇子也是！為何都到了這個年代，這世界還是如此瘋狂卻不夠開放？我不明白！

小姐一你想太多了吧？人家他們倆現在都有小女朋友了……

对呦一

大王打電話通知瑪优他的決定後，隔天又再打電話給托比，等不及要聽托比的感恩之詞，等不及要兒子把老爸推向喜悦的高峰，然而……

這大概是遺傳。
大王本人也非常不敢看血，當然他是大人了，打針什麼的自然是不好意思唉唉叫，都會看著遠方強裝成熟。
他嚴重到甚至是「我被打針」他也不敢看，反正他就是不敢看到血，不論是自己或別人的。

我和托比解釋了穿耳洞，要像打針一樣把針刺穿皮膚，他就說他慫了……

瑪优
荷蘭

什麼!?
怎会这样呀?!
美國

哎一

你的心情，我了解……

藏

前一陣子在大王還在拄拐杖期間,雖然他能自行上下班,可是雙手經常是沒空的,所以我每天都在他下班回家時幫他開門,也因為這樣,他後來乾脆就不帶鑰匙了!

把鎖匙藏在屋外我能理解,我不能理解的是,他們(美國人)藏得也太容易找了吧?像那種藏在門毯下的、藏在門前花盆底下的、藏在門欄框最上面的,這些根本就可以直接把鎖匙掛在門把上了吧?有差很多嗎?

或是我應該說,門也可以乾脆別鎖了!因為有一次我和大王去別州進行短程的兩天一日遊,回到家才發現,我們沒鎖門,但還好也沒有小偷來過。

很快地,張大師(緊張大師的簡稱)又開始日夜唸經了……

屋外藏鎖真的不是我的菜！
藏比鎖匙忘了帶更緊張！
更不寧…
唸經唸了兩天後，我就開始唾棄自己了！拜託喲～張大師！美國人都把家裡鑰匙藏在屋外，还不是人人長得又胖又壯的！……
突～悟！
沒錯呀!!!
我何不也在屋外藏一支備份鑰匙!? 这樣不就了了!!
我住美國嘛！總要向当地人学点長處！♡♡♡
況且屋外那麼大，壞人如果有辦法海底撈針的話，更应該去買樂透呀！徹底發揮預知的本領嘛!!
～茫 然～
說的也是，屋外这麼大，我究竟該藏在哪兒好？……
不能太靠近大門，太輕易了!!!
也不要太遠，自己都嫌麻煩…
中間地帶？那不就正中壞人的猜測?!太笨～

終於，我花了一下午，換过八ケ地桌，挖了兩ケ地洞、敲了三次牆角，而选定了我的龍穴‼而且，我並不打算告訴大王，這种事当然是愈少人知道愈安全！

藏好後，我回到屋内沾沾自喜，又興奮、又驕傲……

人家我也把
鑰匙藏在屋外耶───

簡直就是
阿美力欹了───
(美國人)

人人都說，快樂的時光總是特別短暫，只是我沒想到我的会是这么超短！

对不起──
我还是做
不了又白又
胖的美国
人呀──‼

想到鑰匙
有可能被人
找到，我連
呼吸都感
到困難‼……

而這樣的金鎖回巢，是10分鐘而已……。
大王，確實從頭到尾都不知，我的人生有这么一段…

我當初的「龍穴」
這是屋外樓梯到大門的空中走道

穴

庭院走道

上圖中突出的建物在屋內是廚房的位置，因爲這裡是突出蓋的，所以它的地面位置在屋外並沒有接觸到庭院走道的地面，中間大約還有一呎半的落差。
我的龍穴就是在這突出的廚房外牆之內凹處，由地面往上看（下圖），我還安裝了一個小盒子要放鑰匙。

Vivian 的 体重計

VIVIAN是個運動狂，她平常常參加馬拉松、騎腳踏車、划舟，也參加過鉄人，每次和她聊天，話題說來說去也会說到運动，雖然，我真的不太運動，目前做的最劇烈運動是用手扣，还是讀友推薦的，而且，從一開始的周休二日到現在几乎是「想到才自責一下」，所以，聊到運动，我也只能默之吃茶葉了……

我越來越少嚷著說要減肥了，但這並不是因為我夠瘦或夠標準，而是我發現，一旦我瘦了，臉頰也會跟著凹陷，而臉頰一凹陷，老態就出來‧‧‧兩相取捨之下，就寧願稍微胖一點了。本來，這只是我個人心中的小秘密，但沒想到有一次意外和朋友坦白後，發現她也是非常同意！這才注意到，她也是很久沒瘦了啊‧‧‧

对了！我有買一个体脂扣喔！不但能量体脂，还量身体年齡呢!!

还有含水量……

VVN

身体年齡!?

No——!!!

我不要量…… 我肯定我60歲了……

說到体重机，我們家也有兩个喔！一个是剛來美國不久買的，因為是「磅」，我每次都要自己換算很久，久了也懶得用了，後來又從台灣把我舊的体重机帶來，雖是公斤的，但，自從我超过51公斤之後也懶得再看了，奇蹟從來沒有出現过……

那妳的身体是几歲?

妳那麼用功,一定很年輕吧?……

不好意思~

大約18歲左右……

我就知道,我就知道

聽VIVIAN說,她確實有些朋友量出超齡的身体,而大家也公認VIVIAN確實運動很勤,体力不錯,因此,對這体重机的效力實在也沒什麼好懷疑的!我究竟几歲了?我不敢求奇蹟,但,當然也会好奇!所以我也要求試用……免費嘛!

要有心理準備喔……结果很驚人……

我來幫妳看

我們早就知道,我这該会量出驚人的成果,但是,还是吃了一大驚!!!我很久没被体重机嚇過了,但這次,真的是世界都停了!

我100歲也想不到,会有這种結果!

別看大王那麼重,他自己可也是滿意得不得了!而他的原因是,他從小到25歲以前,都有一雙鳥仔腿,從大腿一路細到小腿,他自己十分不滿意。

直到25歲之後開始長肉,那雙腿當然也跟著長,現在確實是成爲一雙有肉卻不粗壯的美腿,雖然肚子得跟著犧牲(肚子當然是很大),他真的還是滿意得不得了。

我承認他現在的腿是很不錯,但是那顆肚子實在也太醒目了!太耀眼了啊!孕婦都沒那麼閃吧

突然間，我變成好願意相信這个体重計!!!我的肉体多久沒得到這麼不實的安慰了？我要和青春的小鳥排舞啊!!……林志玲，等我！我明天就加入名模的行列！

回家後，我立刻也吵著要一台這樣的体重計！

你身体年齡18歲??

我不相信……如果說体態像18還比較可信……

体態18也很棒呀——買吧——

体態18我來告訴妳就行，不用量！

倒是18歲的身体有30多歲的臉，很可悲！你繼續睡好的枕頭比較實在!!

而枕頭我也買給妳了！

我想，我量出18歲的這個結果一定給Vivian莫大的打擊！

畢竟她平日不但有天天去跑步，休假日還去騎腳踏車或游泳划船，而且她是蠻認真在做訓練的，經常去報名各地的馬拉松比賽，甚至遠赴國外參賽！這是她的興趣，也是她的成就感，她量出18歲的身體狀態是實至名歸的，也是合情合理的。但是我···我跟人家湊什麼熱鬧啊？我沒有減肥忌口，我現在連甩手功都沒練了，生活中唯一可以稱得上健康的舉止就是喝果菜汁，12點以前上床，這樣有很努力嗎？

如果我是Vivian，我大概是再也不會相信這個體重計了。

天涯 ⑧ 号

最高的那個就是庭院廢料桶
中間的是資源回收桶

一般美國人家外都有三个垃圾筒，一个是普通垃圾用，一个是資源回收。另一个是庭院廢料。庭院廢料筒主要就是用來丟棄修剪下來的樹枝，地上的落葉等等。

庭廢

怎麼這麼滿？
妳什麼時候整
理了庭院嗎？

我也忘記了……
三个月以前吧？……
一直忘記倒……

因為三个月以前的庫存一直还佔著庭園廢料筒，所以，新整理出來的庭院廢物不知道該放在哪？

不久前我才在撲浪上說，我的鄰居要求要砍樹，而我們不但答應了、也幫了忙，其實砍的就是當初這一批我們修剪下來，放在卡車上的同一叢樹。
早知道這些樹遲早會這樣被砍掉，當初實在不應該花時間去修！而且還把修剪下來的樹枝放在卡車上！
這理論像不像是「晚上反正還要蓋被，現在何必摺被」？我真是不適應美國生活啊・・・

好吧，我真
不適合当人……

你在做什么!?
只好做我最拿手的，
把東西往樓下丟…
不要啊——
你現在往下丟固然是
很快，但，有一天我
們又得把它扛上來丟!
又要花一次工啊!!!

正在不知該如何是好時，我很快地想了一个
天涯八号的辦法……

天涯八号
先放在你的卡車
後吧!

雖然大王先是吃了一驚，但是，託海角七号之福，天涯八号的主意竟出乎意外地順利通过!!!

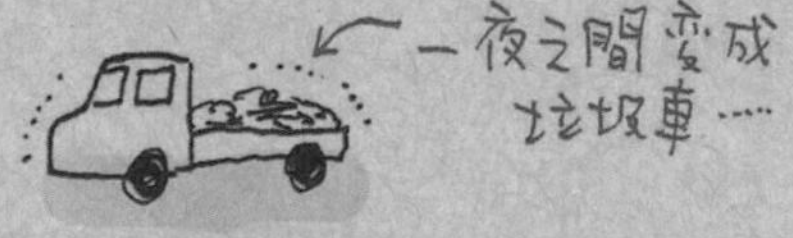
一夜之間变成
垃圾車……

不过，大王也囑咐我，一旦庭廢筒空出來，就要把庭廢一部份一部份地移到庭廢筒倒掉。可是，我實在沒空一天到晚追蹤這物件……

一年後，我們終於將這些樹枝從卡車上清掉了。而原因並不是羞恥心終於發現，而是大王突然開始熱衷洗車，家裡的每台車都洗到無法再洗後，這才覺得，該是洗卡車之時了！
要洗卡車當然就要把樹枝清除，是為了大王這個洗車症，天涯八號總算得以回到它的真性情。

到現在，又三週過去了，託海角七号的福，天涯八号也还没下片……

英文 樂！

住在美國多年，我对自己英文还不是很厲害這件事一直很良心不安！

直到前一陣子，我終於發奮圖強，想找一个自己能接受的方法强加英文……

為什麼又是我!? 妳幹嘛不去語言学校上課啊!?

因為，那不适合我啦……我生平兩次的学英文，第一次上了二三堂就逃課，第二次还搞得差点被告……

從此，每次只要我一開口，大王就知道我是要問英文，每次我熱情地看著大王，他就知道我只是「有問在心，口難開」罷了……

前一陣子你的打檔掉卡住了，我竟然知道要怎樣上網查方法！

CAR STUCK IN PARK！
→ P檔，停車檔。

但我現在突然想到，萬一我的車真的在公園裏突动，要怎麼說？

煩死了！

in A PARK

加个a！

我這一波的英文熱過去後，又開始討厭英文，不得不感嘆自然界真是神奇，你看那海浪，就會知道世事確實是這樣高高低低地波動的，潮來潮又去・・・（誤）

不過我還是從來沒有停止過讀英文小說就是，我的信念已經演變成「不必去了解為什麼了，把英文看到習慣就是」！就像現在台灣所使用的通俗文字，尤其是網路上慣用那些，矮油、蓋搞鋼、豪洨等，已經沒有必要解釋了，就是好玩，就是現代人的生活嘛！我就是常看自然會懂的吧？

我認為，最適合我自己的英文加強法就在日常生活當中！

電視不要看太多是吧？看書總比較高尚吧？……

曾經認為英文枯燥無味的我，在這樣上進中，確實也滋生出無比的興趣，我台灣的朋友寄給我一本中文版的卜洛克的小說學堂，在看完中譯本之後，我無意間從女王的舊小說堆中讀到一本小說，竟然才看幾頁就能從英文文字中感覺到作者並該是卜洛克，翻回書皮確認，果然不假！
（我看外文小說通常不會去注意作者名…）

可是話說回來，我越來越有個感覺，台灣真是個相當重視「娛樂」的地方，即使是英文的世界，他們的語言也還沒發展到火星文的程度，他們的圖文書也不像台灣這麼多樣活潑而且出版得也多！我開始覺得國外的傳統文化雖然維持得比較佳，可是對新事物的發展和追求，並沒有台灣來得那麼快而普及。
或許（只是或許），這就是我們台灣的文化之所在？
我有時會開始這樣懷疑，而不是去擔憂純文學之蕭條‥‥

更神奇的,那本卜洛克的小說——Hope to die,用了二个第一人稱手法,而且每当换成殺手的角度時,它用的卻是現在式!!! 而主角的角度还是过去式。

終於,用功的人也有勞累之時,有一天,在我大力遨遊了英文世界之後,終於在沙發上昏睡过去…

我常覺得,很多問題大王不是懶得告訴我,就是沒自信。

比方說起床氣的英文,他明明就知道,卻斬釘截鐵地回答我他不知道,等我和他盧了很久之後,他終於會給一個答案,而且聽起來好像隨便的給那樣,但事後我查證過後,總是證明他給的就是對的。

那爲何,他老是不願意一開始就告訴我?

相較於我永遠記不太得發音,大王和我卻是完全相反。上個月心血來潮教他說了幾個台語,嘎逼(咖啡)和棒賽(大便),嘎逼他是記得很清楚,因爲我說過,如果一星期之後他還記得,我就會幫他泡咖啡,所以他事實上是每天起床就對我說嘎逼。而大約三星期之後,有一天他跑來問我棒賽是什麼?他音發得很清楚,完全記得怎麼說,卻是忘記了它的意義。

從撒哈拉出發

男人總是嫌女人麻煩，我覺得男人自己也很麻煩。
做腰包之前，我還事先詢問過大王，他要什麼色？結果他自己想像力差，選了個百搭的黑色，那自然，腰包做出來就會很歐桑，因為以前那種阿伯用的腰包也多半是黑的啊⋯⋯

（上圖）我做給大王的腰包根本就沒有很歐桑嘛！

整整兩個月以前，那時大王開完刀沒多久，在杵拐杖，所以我們無論去哪裡，我發現我一雙手常不夠的兩个人用！

其實也有幫忙拿小東西。

因為這樣的原故，我決定給大王車个腰包！

就是這一個，戴起來很有
牛仔風，感覺起來更覺得
自己可以演蘿拉！

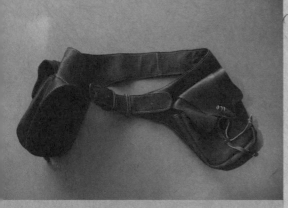

http://www.etsy.com/
view_listing.php?listing_id=27937169

或是去 etsy.com
搜尋 "Double Sahara Hip-Bag"

由於大王的抵死不從，後來，我只好決定自己
買一ㄍ腰包給自己用……

看吧！　还怪我…
女孩自己做的月要包好也不用!!!
你没資格說這种話…

確實是有更好看的！雖然我也覺得月要包實在太欧
桑，不過，必要時它真的很方便，值得好好投資
「一ㄍ」(这种東西，好看的一ㄍ就好)！

很快地，我在一ㄍ專門賣手工創作者的作品的網
站看到一ㄍ很帥的——

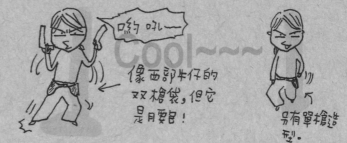

嗚約吼——　Cool~~~
像西部牛仔的
双槍袋，但它
是月要包！
另有單槍造型。

所以，儘管它不便宜，我还是狠下心來買下去了!!(我
猜腰包这東西一生不会買太多，值得花這筆…)

這，有的是整々兩個月以前的事了，而現在，大王
早就尋回自己的双手双腳了，我的月要包卻还在從
紐約到西雅图途中!!

八月底時

EMAIL
包包已经下單
三週了，請問
是有什麼問題嗎？

对方回覆：
因為好要的
顏色没現貨，
我們得再做，
所以会遲些…

然而, 到了九月中, 依然不見腰包身影! 順便一提,
那款包名稱叫「双撒哈拉」……

撒哈拉沙漠
之双双山峰駱駝包??……

我又再次去信問賣家, 沒想到, 得到的回覆是:

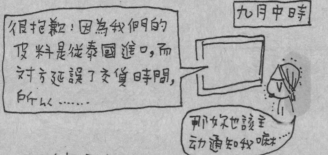

很抱歉! 因為我們的
仮料是從泰國進口, 而
对方延誤了交貨時間,
所以……

九月中時

那妳也該主
动通知我嘛……

以前我們在餐廳等餐等太久時, 總会開一种無聊
的玩笑, 説廚師才去釣魚而已, 而現在, 这已不是玩
笑了, 我的包还在撒哈拉沙漠行走, 朝著美國的
方向……（註: 包包並不是駱駝皮, 純粹只因它的名字）
直到这兩天, 我終於收到这位藝術家的信了, 駱
駝已到紐約, 而且已從紐約出發往西雅圖來了。

以後絕不
買命名不
吉利的東
西……

太慢了呀……

西
雅
圖

美國地图
USA

紐
約

不知还要等多久……

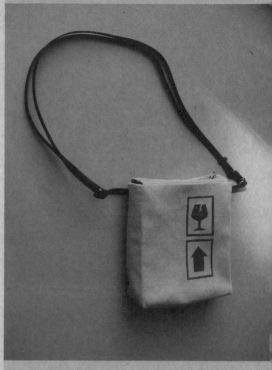

在等待雙撒哈拉腰包的期間
, 其實我也給自己做了一個
腰包（繼給大王的之後）,
走的是街友都愛戴的紙箱風
‧ ‧ ‧

洋芋片 的 三大罪狀

就像米菓（仙貝）是日本人的國民食物一樣，薯片在大王心中也是挪威國民食物，它絕不被列為零食！而且，我每週上超市買菜時，絕對不能忘記採買幾包洋芋片……

挪威人就是要吃洋芋片啊～

特大包

你們台灣人吃什麼？

我們？

我們可強了，什麼都吃，毒奶也灌！……

? 台灣的國民食物是什麼呢？衷求解答！但，要是那种現成商店裡賣的，例：乖乖。

這一篇在天空刊出後，大家也在我的留言板討論過一陣子，似乎決定科學麵是台灣的國民食物···
可是我也沒有天天在吃科學麵啊！···雖然它在西雅圖是買得到的。

可是呢，我實在很不滿，大王吃洋芋片除了边吃边掉屑之外，他还有另一个惡習——見一包，開一包！

為什麼我們家全部都只有打開的洋芋片!?

而且沒一包吃完的?!

什麼呀?妳買洋芋片就是要開來吃呀!不然買來做什麼?

←剛開的。

而且不只家裡有,車上也有……

看吧!洋芋片幾乎要名列急救工具之一了!

如果沒有這包洋芋片,我們會多餓!!

你還敢說!!如果你不堅持要去那家遙遠的餐廳,我們何必現在吃洋芋片!?

結果餐廳沒開!!

這裡的狀況是,當天我們本來要去一家餐廳吃飯,那家餐廳距離我家有一段路,事實上還蠻遠的,大概像是從台北開到桃園吧。究竟是要吃什麼好料我也不知情,因為那是一家我沒去過但大王覺得還不錯的餐廳。

結果如此,好不容易抵達了,餐廳不但沒開,事實上是歇業了(倒了?)。所以我們回程就是吃車上的洋芋片,因為一路上可以說是荒郊野外,並沒有其它餐廳或商店,而車上那一包洋芋片也不知道是放多久了?在餓壞了之下,誰還有心情品檢?

最後一個大罪狀—— 大王还喜欢睡觉前吃一些洋芋片！

很晚了……
你就不能
安靜些嗎？

妳 嘎 咔
嘎
咔 咔

妳不覺得很感動嗎？
這麼晚了我还在加班吃，
只為了解除妳的煩惱!!

我把它吃完，妳就少了粗
庫存呢!!
肝溫喔…

就因為洋芋片這三
大罪狀，我後來決定，一次只買一包就好！
但……

怎麼回事!?

我們家的粗洋
芋片是自體再生
嗎?? 為何沒有
少!?

喂，你不知道我是好
野人嗎？我買得起啦…

我愛POTAT

吃披薩請
配POTATO…

採集DNA

每年的十月份，都是我開始採買聖誕禮物之時，提得這麼早，為的就是要躲開人們的採購高峰。

懶散之心～

今年景氣尢該不好，可以苟且偷懶一下吧？

然而，当我回到回春枕套的網站時，卻嚇了一身冷汗！因為商品有些供不应求，網站竟然說定購可能会須要6~8週的時間!!!

被騙了!!

不是說景氣很差嗎!? 6~8週就來不及聖誕了吧!!?

而且还漲価了!!……

這才驚覚，不再立刻行动不行了！預定的東西会被搶光!!

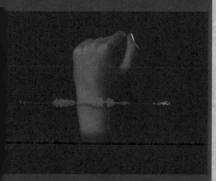

鍵，是聲紋做的（參見下圖），

今年我想送大王的禮物。

w.thesoundadviceproject.com/

給大王的禮物向來難買，因為在我眼中，他什麼都不缺！

其實尼～～不懂我的心～～我不在意多几輛車喔！我甚至不在意有架飛机!!! 我不在意当小白臉 …… POTATO

对！我就是不懂！也不想懂！

總之，個人DNA图像聽起來很酷吧？它可以被印在帆布上，成為牆上的掛画，也完全具有紀念价值。

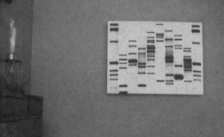

這就是大王的ＤＮＡ圖。
（帆布印製）

要順便一提的是，該公司後來有新推出「桌上型」的個人ＤＮＡ圖像，價格便宜不少喔。

（奇怪了，我是有抽佣金是不是？幹麻這樣幫忙宣傳？）

DNA ???

不是那樣的！

是像这种罪犯型的！

果然，回春枕套的警訊不差，貴松松的DNA图像也要弄个6-8週！我不但立刻定下去，还選了最快的郵遞，希望还來得及趕上聖誕！

註：www.dna11.com，可國際採購、寄貨。

兩天內，採集DNA的工具寄來了，我得立刻採集大王之DNA！

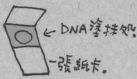
← 像棉花棒的東西。

← DNA塗抹處。
一張紙卡。

說明書上說，要採集口腔內的唾液等，而且採集前一小時 不要喝酒、抽煙、吃東西或刷牙。

所以我雖選了最快的郵遞，卻一直找不到好時机採集大王的DNA！

你不要抱著薯片不放好不好!?

搞什麼呀!?

POTATO

等了兩天，我實在等不下去了，某晚趁大王上床前，還未開始吃薯片之時，立刻拿著棉花棒及時殺出！

這樣ok了吧？

含去

時机可真難遇!!

正當我要把棉花棒抹到DNA收集紙卡上時…

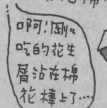
啊！剛剛吃的花生屑沾在棉花棒上了…

花生!?※
你剛剛吃花生?!?!Man!

吃×田共 都更好吧！至少上面還有DNA……但我已經沒辦法了!! 就還是那樣寄出去了吧…！

一直以來，我覺得自己好像在幫大王做他的個人化商品喔！如果有一點錢，我就會在網路上找奇特的東西送他；如果不幸沒錢，我也會自己DIY…

例如下面這個東西，是用家裡剩餘的木頭釘的，分色層噴漆而成，花不到台幣兩百元，但是大王也很喜歡。

而且包裝紙當初也只用破報紙牛皮紙和麻繩而已，不但非常省錢，整個（垃圾再生）風格也很搭。

Chung's 春捲.

這是 Chung's 新出品的另一種春捲
有 "New！" 在這裡。

自從中國用毒食品「和平崛起」且揚名國際後，連上美國超市都會看到一种現象，是在美國生產製造的商品，那阶美國製造都會標得特別大或特別粗勇……連我都默之地，許久沒有吵著要上華人超市，而大王也自然地問都不問……

当然是洋芋片好吃呀一問什麼？……

夫妻间形同陌路

聽說，我最愛的飯糰也出問題了（是因為裡面有油條口拉！），我有時也會為自己的懶感到安慰！因為懶得常跑華人超市，我不知因此少吃了多少毒，还好食物向來不太是我的城池，丟了也不遺憾。

不過，我还是有点想念飯糰啊……！

就這樣，有一天我在美國的超市，遇上 Chung's 的春捲……

春捲炸起來酥酥的，

這應該也有油條的感覺吧？

而且它是美國的公司……

就這樣，我買了 Chung's 的春捲，回家炸得滿屋油煙……

好吃呀～
皮好脆！！！
而且內餡只有蔬菜而已，卻超好吃！！！
它也有強調「PROUDLY MADE IN USA」！

從此，我每次去買菜時，也不忘買幾盒 Chung's 春捲，三不五十炸得家裡油煙四飛，它滿足了我對飯糰的思念，也算是我這幾個月來唯一吃的中式食物。

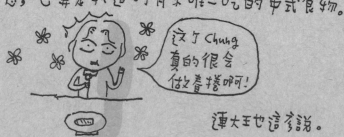

這个 Chung 賣的很會做春捲啊！

運大王也這麼說。

整個我要說的是，其實人類還蠻容易遺忘壞事的啊。當初打得斗大的「美國製造」，在這個新春捲包裝盒上已經不再強調，而且不只是 Chung's 是這樣，美國超市內的許多商品也是這樣，只有在中國製一直傳出有問題的那段期間，商品包裝才有強調哪裡製造，一陣子無波之後，也就船過水無痕。

我沒有要再批評中國製問題了，反正會注意的人自己就是會去注意，不必我幫忙擔心。我要說的是，這個世間其實還是很願意遺忘一個有前科的人之過錯，所以大家不要對自己犯的錯輕易太失望，努力好好過下去吧。

也因為Chung氏的美味,有一天我煮飯時,突然想煮蒸蛋——小時候常吃的,但已經好久沒吃了!其實怎麼做我都不知道……

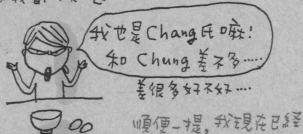

我也是Chang氏嘛!和Chung差不多……

差很多好不好……

順便一提,我現在已經是天天都煮飯的煮婦了。

就憑著自己對烹飪向來也不太注意的記憶力,我還是大方地蒸下去了!

「怎麼毛孔」這麼粗???記得媽媽蒸的好像幼咪咪的……

多謝讀友們相告,原來蒸蛋時,鍋蓋要留一個縫隙不要完全緊閉,這樣蛋才能蒸得幼!可惜,就算我下次蒸蛋,應該也只能獨享了,大王還是不接受「鹹的布丁」。

大王從來沒吃過蒸蛋,他先是好奇又保守地讚了一下,然後吃了一口就不再吃了……

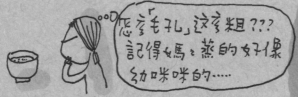

對不起——

但是我真的覺得蒸蛋很怪……哪有布丁在做鹹的?……

好吧!Chung氏,你贏了!但,你不會畫圖吧?

幼稚……

你才幼稚,別再來吸奶了!

偽導的續集

寫這篇文章是08年的事，而今年09年，故事情節有稍微進步，這些想買車的人開始留紙條夾在我們大門上！

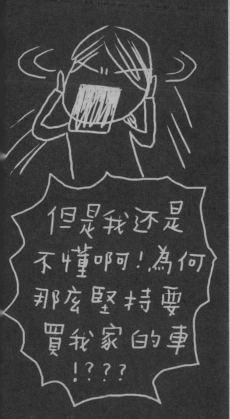

但是我还是不懂啊！為何那麼堅持要買我家的車!???

我好像真的被海角七號祝福到！当遠在台灣的海角七号捷報頻傳，我這裡还載著垃坡的天涯八号竟也是！害我立刻升格成「偽」導，而且進行了第二集！

話說某ㄍ星期六早上，屯鈴響起，終於有机会面对推銷員的毒舌派大王，竟然因為在家只有穿內褲而只能躲在自己的書房……

抱歉打擾了，你們口那輛貨車……

這天終於來了！要來抱怨我破壞環境！

我知道！我知道!!垃圾我会盡快倒…

躲在一邊

搞什麼？叫他管好他自己的事！

每次家裡有人敲門，一定是我去應的門，雖然我多半時間是穿著睡衣、蓬頭垢面（或許還附一些頭皮屑？），但是這還是比大王穿著內褲（還是破的）得體許多。

不過呢，大王可不是那麼甘心隨人「傳教」的，所以他通常躲在靠近大門的他的書房內往外叫囂，不見人下來也要樓梯響，我們這一家是多麼恐怖！所以我也開始能理解他們今年為何會改用留紙條的方式。

因爲太多人來問過要買卡車了，大王於是覺得他自己的品味一定很好。我是個比較實際的人，我是認爲這其中的原因是，現在新型的卡車車床（就是後面載貨區）都很短，因爲設計者把空間挪給乘客了，它們前頭除了駕駛人那一排之外，還又加了一排客座區，所以就得縮短後面車床之長度。我們這一台卡車車床有罕見的八呎長，這即使是在舊卡車中都不容易見到。

請問，你們口那輛卡車……

是怎樣？又沒停到路旁，停在自家不行嗎？

← 移位了，不再停於路旁.

這回屋內無要犬……

有沒有考慮要賣？

上面有寫 FOR SALE 嗎？當然不賣？

你運氣好，趕快走吧！我老公快回來了……

看吧！連我這偽導演的天涯八号賣座都這麼好！簡直太出乎我意料之外!!! 難道是因為上面有「贈品」?????

……

我不懂呵呵

不過，我們是否該放个 NOT FOR SALE 的牌子??

我不反对！再這樣下去我都可以去賣車了……

那說來說去還是我品味好呀…

知道要挑那一款！

這裡的贈品當然是指那些放在卡車後的剪下來的樹枝

Goldie Hawn 越來越的遠。

說到頭髮，有一個常識大家不一定知道，所以我覺得還是可以寫一寫。

白種人的髮色其實是會經常隨著年紀改變的，並非是固定的顏色，比方說，我小姑和大王他們兩人出生時都是金髮，我小姑到了十幾歲時，髮色已經變深，到我第一次見到她時，那時她二十幾歲，已經是深到像黑髮了；大王出生時髮色很金（他有一撮小時候的頭髮保留到現在），到二十幾時，已經是淺淡褐色，而現在他是褐色髮，還夾雜著大約四分之一的白髮。聽他說，也有人到成年之後還是維持金髮，但是人數比例少之又少，多半的成年人是靠著染髮維持金髮的。

我一直認真學習英文，但直到此時，我發現有個領域一直沒守備到——這些外國人的英文本名！

前天，我要和阿烈得提一個演員——安東尼‧霍普金斯。不幸地，我一時忘了他的名字，我只記得他的姓霍普金斯，大王一直搞不清我究竟在說誰，他於是猜：

『是不是演 the silence of the lambs（沉默的羔羊）的那位壞人？』

當時我也沒仔細在內心英翻中，中文腦袋系統的我，也一時沒想起沉默的羔羊這電影，竟然就跟他說「不是」。

苦思了幾分鐘後，我終於想起霍普金斯演過沉默的羔羊，我確信大家都知道沉默的羔羊這電影，只要一提，大王一定就知道我在說誰！於是我很高興地說：「就是演 silent sheep 的那位！」

大王差點從王位上跌下來！

『我不就才問你，是不是 the silence of the lambs 那位？什麼是 "silent sheep" 啊？你在又胡說什麼英文啊？』

一直到此時我才想起，the silence of the lambs 果然是正牌的沉默的羔羊的原名，而且大王果然剛剛才提過，我因為一直忙著苦思，沒有注意到他說的原來是沉默的羔羊，竟然還出現後來可笑的 "silent sheep"！想到自己多荒謬，我笑到停止不了，又看到大王一付王者模樣，只顧生氣我都沒在注意聽他說什麼，卻一點都沒有加入笑局來和音的模樣，我更是莫名其妙笑到眼淚狂飆、血液沸騰‧‧‧！

直到現在想起這件事，我還是邊打字邊顫抖忍笑，在隔壁工作的大王終於聽到怪聲，五分鐘前前來確認我在幹麻，知道我竟然還在笑兩天前的冷飯，大王覺得我神經有問題，無趣地離開。

我則是一直很疑惑，怎麼大王很少很少笑我可笑的英文？要是我是他，或是我倆英文能力對調，我可能每天都笑翻了吧！？

阿利巴先生！告訴我，這樣真的很不正常嗎？

PS/ 請不要問我誰是阿利巴。

到底是哪丫合呀？
妳是不是指 杭特？

一定是演 Piano 那丫！
她叫 XX 杭特，名字
我不記得……

白髮又多了？

我不会弹鋼琴！
不要逼我当背多分！！

本來嘛，閒聊而已，那么認真做啥呢？歌蒂韓
也好，优蕾也好，杭特也罷，只要貌佳不都可以
了？結果，大王已经出不來了！……

我的天——！！
不想出她叫
什么杭特我
吃不下飯！！！

明人已经在舌尖了！！！

on the tip of my
tongue
記下來！……

先冷靜——

不忘学英文！

最後，我們倆 END UP 在網路搜尋，一个找歌
蒂韋韓，一个找苟莉杭特……

大王的 ageless 概念
也和我完全不同！
我心中那些不老妖姬
多半是有些娃娃臉的
，像歌蒂韓，像潘迎
紫這一類的，而大王
認定的不老，則是要
像迪士尼的花木蘭那
樣，有一組明顯的顴
骨，要不就是有方下
顎！？
所以呢，我已經不懂
了！

像醬？！

貓咪 聽 音樂。

上個月開始，我早已陸續採買聖誕礼物了，到這個月上旬，也只剩貓咪的还沒買⋯⋯
去年聖誕因為要去荷蘭，而將愛貓寄放在朋友家，我聽說，朋友还常々開動物頻道讓我家的愛貓觀賞⋯

对了！乾脆買貓咪DVD給MANY和YOYO吧！

好主意

（左）貓咪DVD
我個人覺得影片的背景音樂太懶了，不斷地重複同樣的蟲聲還鳥聲？

（右）貓咪CD
雖然沒影像，不過這音樂真的好聽許多。

我上網查了一下，很快在亞馬遜書店買了一个喵咪觀賞的DVD，还意外看到也有給貓聽的音樂CD，所以一次就買全了。

好想看貓咪是否真的会聽音樂口屋⋯

先試一下吧

一个人在家時

忍不住呀⋯⋯

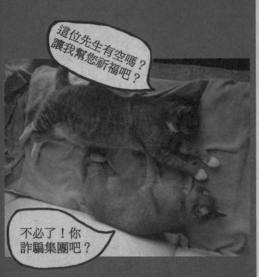

然後又是久久一陣鋼琴音樂，貓咪又在驚恐、懷疑中，慢慢鬆懈下來……
但，老鴇叫声突然又從喇叭中伝出，貓咪們的神經已經崩潰了——

找
媽!?
我的生母在呼喚我!?

找
是我天堂的奶叫!!

哎……

難道我是傳說中的肥貓？

………

再不停下來，他們会瘋掉吧?……
雖然是感到好笑!
罪惡感!!!

我不知道別人家的貓反应是怎樣?但，我總覺得我在虐待我的貓…讓他們在一張CD中跑過人生的走馬燈——

呼
哈
呼
——總算停下來了……
人生如夢呀……

才休息不到几分鐘，大王就回來了：

DVD
DVD到了?
快來放給貓咪看吧!!
我要看貓咪們有何反応……

不愧是我老公，会知我做同樣的事…問題是，聖誕節要怎么辦呀?
饒命呀……

最華貴 的 一轉

接近凌晨，我呆坐在沙發上懊悔——為什麼今天我要打掃房子？如果我和平常一樣懶惰，這一切衰事，根本不会發生！……对了，今天這麼勤勞，是因為早上大王大咳特咳，抱怨房子太骨藪、說他快要死於過敏、無法呼吸……

自從這件事發生後，我公然允許自己懶惰不掃房子——懶惰說不定是幸運且省錢的！至少在這一篇故事中，是該如此證實。

哼！本王不滿啊～

你那是什麼態度？你是不相信我病得很難受嗎？

你以為我是裝出來的嗎？!

不是。

我是不滿你不記得我辭職很久了，我不是早說過我不打掃房子了嗎？

但是，面对了病人，你又能怎樣？
對的永遠是病人，不然你就是沒良心……
所以，大王出門上班後，我雖不滿、不願，还是開始打掃房子了。
一向我打掃房子，總是先從最底下一層掃起，而且，總是先從浴室開始……

…今天是大凶日…

…← 水。

沒錯!今天是大凶日!但是,大凶日才開始而已……当我刷完浴室後,我竟發現——水籠頭的水關不緊了!水一直流!

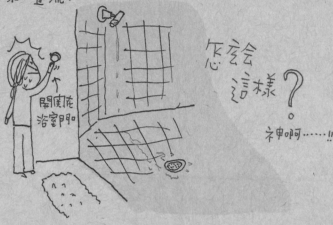

怎么這樣？

神啊……!!

開關在浴室外哪

存此,我試了大約半小時,怎樣也無法讓水止住。終於,我放棄了。我想,每个馬桶下或水糟上都另有止水開關,希望浴室也有一个那樣的机制,但找一小時也沒找到!於是我上網查!

網路上的資訊說,只有一些極老的房子和浴缸会有這种裝置,多數新房子都不会有單一斷浴室的水源机制!要止水,只能從總水源籠頭整个斷水!(全屋皆斷)。而總水源開關有可能只有一个,在屋外路旁,也有可能屋內另有一个,通常会安置在隱密处,不是地下室,就是難以觸及的小角落……

長話短說,我花了一整个下午上網及找我家的水源籠頭,終於讓我找到屋內的!然而,我卻轉不動它!!而大王也下班回家了!他大力一轉,屋內水全停了……

我想哭啊,一整天只掃了浴室,还惹出漏水的麻煩

算了啦一水停啦,沒事了!

弄得沒時間煮飯,去外面吃。

要找到屋內總開關可也沒那麼容易!首先是,這裡是洗衣房的牆櫃

櫃子打開後,裡面有一個奇怪的圓蓋

圓蓋拉開後,還要把手伸進牆裡,這才摸得到總開關(但是裡面黑暗看不清)

吃完飯回家後，因為總是要用水，所以想再把水源打開，計劃睡覺前再關起來。

然而，当我們去轉總開闢後，水卻怎樣也不回來了!!! 一滴水也沒有!

不要再DIY了!!!
不必查解決方式了!! 找个水電工吧!!

找到24小時服務的水電工，对方說这种時間（快要晚上12点了）出勤，要多收200美元，能接受才要來……

來吧! 我等你～
求星———!!
我是好野人，又大方

2oo!!
这麼爽快就拆出去……还那麼欢喜

所以凌晨，我坐在沙發上一边懊悔今天打掃，一边等水電工來。我有沒有說，其實全屋斷水後，那浴室籠頭的漏水还是滴r流（只是流量較小）？因為它处於地勢最低的位置，所以水源雖斷，水管内的餘水还是往低处流去……这，不是很諷刺嗎!

大凶日最神奇地結束是，当水電工一來，他也只不過是再去轉一次我們轉过無數次的總開閉後，水就來了! 連什麼工具也沒用!! 而且花不到半分鐘時間!

可是我也是这樣轉呀! 為何水沒回來?!
你沒轉到底……
我是水電工我知道可以再繼續轉……
總共是325元，謝r……
花了台幣一萬多，請人示範轉開關?!!

至於修浴室水籠頭，那是改天、也是另一回事了……

這間浴室有兩個蓮蓬頭，一左一〇（可以供夫妻倆一同淋浴？），上圖是另一個沒有漏水的蓮蓬頭；〇圖是後來終於找了另一個水工來〇水後的樣子。

因為這個牌子的零件不便宜，所〇至今還沒有更換修復，只是堵住〇水而已。

 ＊画图的書＊

老早在一个月之前，我就預約好了我今年生日要的禮物：

一頂手工編織，有貓耳朵的帽子，还連著短圍巾。

只是好奇確認一下，

妳知道妳几歲了嗎？

知啦！

老到返老還童了，可以吧？

因為是手織的，所以賣者是接到定單後才会開始織，就因為這樣，我大老早就通知大王，要早々下單…

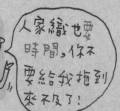

人家織也要時間，你不要給我拖到來不及了！

如果是這樣，我就只好自己織給妳了……

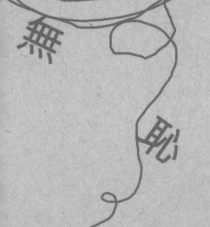

其實貓帽的板型非常簡單：

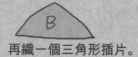

先織一個長方形，然後縫合成袋狀，但注意，縫合時，開口要留在正面中央。

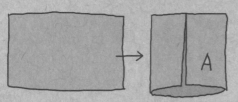

再織一個三角形插片。

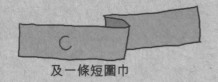

及一條短圍巾

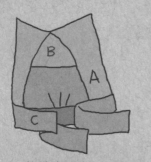

最後縫合三者。
(A之後中央可以縮接於C片，讓後腦杓的弧度出來)

終於，我的生日飛快地接近了，在生日的前二天：

只是先放在這裡喔，妳別拆了！

等？……那盒子不像帽子耶……

我……我可以摇一下盒子嗎？保證不拆！

好吧，摇一下而已喔……

所以，我摇了一下盒子，有硬物撞到盒沿的聲音，至此，我的貓帽夢碎了（大概要等到聖誕）。我回想自己開給大王的礼物清單，除了貓帽之外，也还有一組盤子、及一套切菜粘板——看樣子，我应該是得到第三志願切菜板吧！

12月2日 PM11:00 西雅圖時間。

等不及→

你知道吧？在台灣早已是12月3日了哟！早已是我生日了！

妳真是沒耐心耶！好吧！如果是夏令時間，現在也12月3日了，拆吧…

雖然是第三志願，但，也是我自己选的切菜粘板嘛，我兴奮地打開盒子一角，沒想到，映入眼中的是二本書!!

為什麼送書給我啊啊!?

还是畫圖的!? 你瘋了嗎?!

GRAPH DRAWING

什麼畫圖的書？是 graph drawing！妳看清楚！是电腦的書!!

我才不要学画圖!!!

不要看到 drawing 就以為只有画圖!!

電腦的書？我不懂……？你是要我學電腦？？？……？

其實，那是我要的書啦……

你要的書！?!？我的生日你買你要的書?! 當你的老婆沒福利怎麼這麼差呀!!!

你老了，眼睛不好喲，拜託你再看清楚一點……

盯

看幾次都一樣呀……是畫圖的書——!!
（能用來切菜嗎?……）

拜託你杯要再說 Graph Drawing 是畫圖的書了……
（也不要給我拿去切菜!※）

原來，毛線貓帽太輕了，所以擠在箱底下也沒感覺!!而大王不想讓我因為偷搖盒子就知道是得到第一志願，所以把他剛收到的兩本書一併裝到盒子裡假裝!!

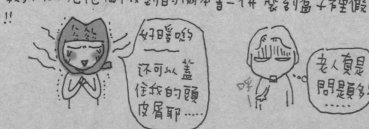

好暖喲……還可以蓋住我的頭皮屑耶……

呼

老人真是問題真多!……

切菜板是另一樣我吵著要的東西，看到圖你們應該可以了解為什麼，它一組有四塊板，分別是切菜、切魚、切肉、切熟食。不但有圖示，還有分顏色。外面銀色的是資料夾，不，板架啦！

換 機 油

我的車已經好一陣子沒保養了，因為哩程數的累積太慢——

有一次開車去朋友家，他家屋外只有路邊停車的那種停車位，不過我抵達時，剛好朋友的老公就在外面，我連試都沒自己試就下車了，請求她老公幫我把車子停好。

她老公瞥了我一眼，眼神盡是不可思議的神色，我雖感覺受傷，仍然決定自己會開車已經很了不起。

好吧！是該至少換一下机油了，反正冬天來了，最好讓車子滋潤一下。女王答应陪我去換机油，可是，一天又一天過去，一直找不到黃道吉日……

最後，我決定自己一个人去換！不等良机了。

我會活下企溣，不管世人怎麼想……

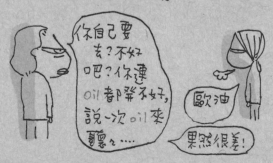

如果大家以為我太專愛依賴大王，那就錯了，真正的狀況，是很荒謬的：

你自己一个人去，萬一那些人知你搭訕，怎麼辦？

我們的婚姻裡有危機……

張大你的眼睛看看我這張老臉！！

還附贈頭髮屑——！！（要我講幾次呀？）

總之，我還是自己去了！！

開過來！

再過來一

地上有一个洞，方便工作人員從底下工作。

我的天

嵌來

我要開進洞裡了！！！！！我要嵌進去了！！

歪來

歪去

一陣驚嚇後，工作人員還趁机向我推薦很多東西——

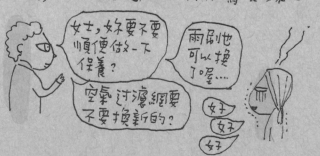

女士，妳要不要順便做一下保養？

空氣過濾網要不要換新的？

雨刷也可以換了喔……

好好好

雖然我好歹是有駕照，但是說真的，我對車子的體積和位置完全沒有感覺！所以像那種要對線、要對格的，我永遠不知道（不能感覺到）我輪胎是在哪裡？
美國有種自動洗車的隧道是你要把車之左輪對到一個軌道上，然後軌道會自己把你的車子往隧道裡送，我從來就不敢去試那種洗車裝置，因為我知道我一定無法對到軌道・・・

並不是我「說No」的技術還學不好，而是我心想「下次能拖越久再來越好」，所以乾脆一次給它做到圓滿，我就可以很久很久不必再來「討黑洞」了！結果，原本只要花幾十元的換機油，最後又搞到一百多元……

等待區

喝→茶

果然還是要和大王一起來才對……

我因為害怕，提早花了好多錢！

那種黑洞對大王來說算什麼呀……

而這段期間，人在辦公室的大王也在分心想我：

妳沒事吧？希望沒人向妳搭訕……

EMAIL

雖然大王是半開玩笑的，但，我還是要說：

拜託喔—就算有人想從我身上得到什麼，也是貪我的財，而不是我的人……

問題是妳有財讓人貪嗎？

去換機油這一天，我最後還追加換了一對雨刷，因為我的雨刷不知怎麼地，從還是新車時就會發出刮刮樂的噪音。
所以當天拿回車子後我第一件事就是試雨刷，很好，它終於願意默默地工作了！
可是這好景竟然維持不了多久，不到一個月後，我的新雨刷又在刮刮樂地叫！這一回，我決定我的車子就是很健談很歡樂而已，所以決定不再去理它「洗澡時唱歌」。

看牙.

我最近真是內憂外患不斷。

先是家裡浴室漏水在三个星期之後，才終於止住，

而在同時，我也為兩顆牙齒搖搖欲墜煩惱著！

到底要花多少錢，災難才要消呀？

別再撐了！快去看牙醫吧！！

雖然在我們這裡，人人都說微軟的健康醫療保險算是很不錯的了，但是，还是不夠好！因為在美國不論是看病或看牙醫还是太貴了，尤其是牙醫，很多公司的財保險幾乎根本給付不到几个項目！大王前几天才找了一顆蛀牙，就花了好幾佰美金，雖然保險有給付，我看了还是很心驚！因為所謂「有給付」也还是有每年限額的（制度和台灣很不同），如果超過規定的年度限額，之後的就要完全自己付！

很難算呀——！！萬一我需要植牙，不知自己要付多少！？

那就一顆一顆慢慢植呀！！

我記得我第一次在美國看牙時，那一間牙醫診所有影片可以看耶，而且是一種像眼鏡型的東西，戴上去，你就是記得把嘴巴打開就好，剩下的就是享受影片了。

可是我們後來搬家了，自然牙醫也換離家近一些的。後來再去的牙醫就都不曾再見過那樣的設備，看牙時只能盯著天花板，試著練特異功能，想想是否有一天能把天花板上的燈罩移去異次元空間，或是把它隔空震破等等‥‥

我承認，我確實有刷後牙的障礙！就是比較靠近最後的那幾顆，如果要努力刷到它們，常常會搞得我快要嘔吐——我覺得牙刷也未免做得太大根了！後面那麼緊窄的空間，怎麼還有辦法把肥桃擠進去？！而且還要刷到好？

（這個問題我一直納悶到底大家是怎樣解決的？）

所以後來我都改買兒童牙刷，至少是刷頭比較小，伸到後面還可以練練口內瑜珈！

不要以為大王在開玩笑，很多人確實困惑於保險諸多規定，是花好幾年時間在慢～整牙的！連我們的牙醫也是這樣說！

好消息是，妳今年額度還有不少可用！

所以在12月底之前，我們要盡量趕進度！

壞消息是，妳有五顆牙得拔！

不是好以為的兩顆……

什麼!?

放心，都是在左邊，妳還是有右邊可咬……

5顆!?那我还要吃飯嗎!?

那我半嘴無牙，还能見人嗎?!尤其，如果得花好几年慢～植!!

牙醫說，植牙光是安裝基柱一根就要兩千元（美）！我真不知自己要花多少年把牙齒補齊!?我感覺很窮!!限額這種東西真是讓人有無限疑惑……我開始想，拔牙一顆～兩佰，如嘿，我自己死命把兩顆牙搶先拔下來，那三四佰不就可以用在別的項目上了嗎？

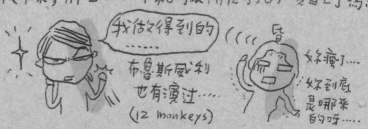

我做得到的

布魯斯威利也有演过……

(12 monkeys)

妳瘋了……妳到底是哪來的呀……

但，下決心很簡單，執行很難！我自己搖了半天，牙齒還是沒掉下來，而且，我·好·怕！！虛弱之下，還是決定讓牙醫來拔…

今天的進度只是要洗牙，沒有要拔。

什麼嘛，人家好不容易放棄自己當牙醫了說…

我記得在台灣時，我的牙醫不到半小時就把整口牙洗完了，但，我這次的牙醫看診花了快兩小時才只洗了 ¼ 的牙！！換言，光洗牙就要分成四次！！而這段期間，某一天晚上我刷牙時，一果顆牙就這樣不痛不癢地掉出來了——

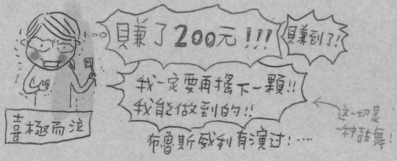

喜極而泣

賺了200元！！！

賺到了！！

我一定要再搖下一顆！！
我能做到的！！

布魯斯威利有演過！…

這一切是一種鼓舞！

老天！年老失牙是一件多悲傷的事，但我只有滿心歡喜少花了一兩佰拔牙費！！！這几天我也还在繼續努力要把另一顆搖下來，真希望刷牙掉牙這种好事会再次發生！！

我在我自己的網站上有寫過後續，後來就是我趁有一次大王惹我生氣之時，憑著怒火之無敵，我把另一顆要拔的牙也扯下來了。
我果然也不輸布魯斯威利。

我怎麼可能惹妳生氣？
是你不甘心輸給布魯斯威利那種老頭吧？···

冰雪聰明

聖誕節前夕，大王要去荷蘭，這一次因為去的天數不多，所以我選擇不跟隨，畢竟為了短短幾天要申請簽證，我也覺得太累了！

西雅圖一週以來連雪，本來大王是要自己叫計程車前往机場，但是看到計程車們的配備，他放棄了……

大王並不誇張，08年聖誕節前下的那場雪真的很威，路完全都不知道界線在何處了……

這些沒有危机意識的人！我才不敢搭他們的車！

這种天，該上雪鏈了吧？

不如我自己開車去机場，妳同行。妳再把車開回來。

好吧

我的車已上鍊，這該很安全——

很安全？？？本小姐經歷了生平第一次雪中特大号驚嚇!!

首先是大王抵達机場後，哪裡不停、偏偏停在編号44号的停車格……

44!? 多不祥唎可!!!

用隄在幹嘛？

但是,在國外住了這麼久,我一直也告訴自己別太迷信,尤其是數字,根本就該視為無稽之談!

太假加大雪,西雅圖机場也是一片混乱,我一直等到確認大王的班机在延遲後仍会飛,才踏上歸途,這時,毫不意外地,当然又下起大雪。

哼~

我四輪传动,还有雪鏈!不用怕!!!

但,就在我故作輕鬆、自我安慰之時,

很快地,我的車传出巨大噪音!!!連我都不知發生了什麼事,只能在一陣慌乱中,趕快駛向路肩!(其实,這時候哪有什麼路肩?山線道都變成一線了,其它都是雪)。

我的天!!44果然不吉祥~

我的雪鏈才買沒三天,断了!!!

雖然雪鏈是断了一部份,但,我还是不敢拆下來,因為等会要爬坡,沒有鏈我一定爬不上去!而且,反正只断左輪上的一小截而已,我決定乎視它!繼續開!

就這樣,又開了不久,我的車传出**更巨大**的噪音!

完了…

我把車毀了—現在連家也回不去了……44感动無窮呀……

我至今還無法知道我當初停車檢查雪鏈的確切位置,因為當時雪把每個地方都變得很相像,四處都是白茫茫的,哪一條路究竟是大條還是小條,也不知道了!

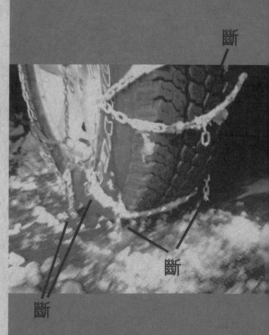

斷

斷

斷

這一回，我不敢再待在高速公路上了，我決定下交流道，找个地方停車，好好檢查究竟是出了什麼事⋯⋯因為太心慌，我还一車撞入雪堆中，但，這也只不过是免費小菜而已⋯⋯

兩迅鏈都迷斷了⋯⋯

し積雪。

看來今晚只能野炊了～回不去⋯⋯

絕望中，我想起我車子裡有一些固定椅套的勾子，說不定能暫時用它們把雪鏈串回去？勾子是長這樣的 ⑧，我在那兒試圖把接近8字型的勾的缺口壓合，讓鏈圈不要掉出來，光是這樣就花了快20分鐘，因為，手指早就凍僵失去知覺和靈活，而這段期間，大王还拚命打電話來關心問狀況！

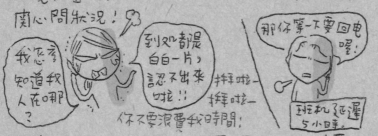

我怎麼知道我人在哪？

到処都混白白一片，認不出來啊拜！！拜啦～拜啦～你不要浪費我時間！

那你等一下要回电喔～

班机延遲5小時。

我為什麼要用勾呢？鑰匙圈不是更好嗎？在雪地中，我突然大腦進化了，我立到拔下身上所有的鑰匙圈，暫時把雪鏈接回去！冰雪，真的是讓人聰明啊阿！

回到家中車庫後，仔細檢查我的鏈，左迅斷了三处，右迅斷了兩處，這一回的大雪真是威力驚人！

即使是用鑰匙圈，我還是花了相當大的功夫和時間裝，同樣的是因為手指都凍到失去知覺和靈活了，而且這段期間我因為害怕把車子的電力耗盡，稍後會無法發車，因此暖氣那些當然就都停掉了。

以前看山難的電影，有時會無法想像只有一小段路為何會走不到，因而失去了生命？經過這次的風雪之後，我才明白，再怎麼簡單的動作，再怎麼短的路程，如果氣候環境就是險惡，確實是會使人連拉開罐頭都拉不開，連十步路都走不到⋯⋯

聖誕節的苦工

這樣　　　　到這樣

從這樣

到這樣　　　再到這樣

女王 到 女王蜂

因為我聖誕時顧家有功 —— 鏟雪、顧貓，而且我平安夜那天大姨媽來，不但是止痛藥吃了再上雪山，而且我也實際上沒吃什麼聖誕大餐 —— 怕吃不下去全都回歸天地。所以大王回家聽過我不幸的際遇後，決定除夕和元旦兩天讓我當女王。

結果除夕那天他疑似喝了孟婆湯，前麈往事忘光光……

我是該是說讓妳當一天女王而已吧？而且應該只在元旦，不是今天吧？

怨靈

隨便你說之吧，女王也是可以當女王蜂的，反正這世間是很隨便的……

好啦，好啦，我煮晚餐就是！

至少有口福，我本該沒什麼好抱怨的，然而，大王走向「極品」的挑戰，一頓晚飯又是做了四小時之久 ——

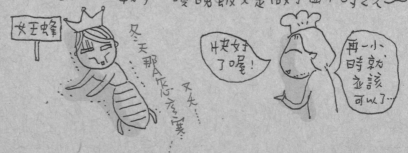

女王蜂

冬天那麼冷忍忍寒……

快好了喔！

再一小時就應該可以了！

好不容易吃到大餐，都已經快要2009了！一年就要過去了！

好像在看快轉喔▶▶，你別吃得這麼快吧？

終於晚餐結束，有趕上倒數計時，我和大王也在家看電視新聞轉播西雅圖及世界各地的倒數，也開了一瓶香檳要祝賀新年……

新年 快樂!

2009

緊接著 ——— 女王蜂二級瀉腹中。

W.C.

好還好吧？……

不會是我的食物出狀況了吧……？

不是！一定是她自己吃太快 太猛……

Nicolas Feuillatte
香檳（法國）

因為怕酸，所以一直以來我對香檳並沒有特別喜愛，直到喝到 Nicolas Feuillatte 的香檳（還得是 extra dry 的）我才覺得能喜歡。

還好我的女王是一任兩天為期的！2009才剛開始，我還有整整一天可以把握！

元旦早上

嘟 嘟 嘟 嘟 嘟

10:30

誰調了鬧鐘又不起床啊？？！

ZZ ZZZZ

是爸爸啦，他本來是要起床煮早餐來敬你…

結果，大王喝酒醉了，他設的鬧鐘只是把本女王叫醒，一直餓我肚子餓到下午三點他才起床——

你在幹嘛？

遲來的咖啡。

LIVE
新年Live大轉播

我在當女王蜂，復仇！寫你壞話！！ 女王元旦也要上工，日理萬緒。

我晚上要請妳吃好料耶——別寫得太超過…

好吧，紙短情長，時間也到了，祝福大家有了美好的2009！新年快樂！

我最討厭的事情之一就是：大王經常設定鬧鐘，而響了之後他又不起床！這一點尤其經常發生在平常的日子，每次鐘一響，多數時間是我起床去按停，若是好運的話，或許他會起床按掉，不過他不會將鬧鐘關掉，所以十分鐘之後鬧鐘會再響一次，通常這樣響兩次之後，我再累也睡不著了，睡興已經全被搗毀了，可是他大王依舊不起床！

你既然不起床，調鬧鐘幹嘛啊？！

讓妳起床叫醒我啊‥

彷彿，
有時候，
有些生命只是等妳回去
好好地說聲再見・・・

北鼻09年過世了，
還好那年年初的農曆年
我有和阿輝約見面，
也因此見到了北鼻最後一面

我爸過世那年也是
等我回到台灣
在爸爸病床頭守了兩夜
爸爸就走了。

生命這麼短，
為什麼還不願意互相安慰
珍惜身邊原有的人，
原有的寵物・・・

幸福

去年底,答应幫人照顧一隻貓……

A計画:
暫時請愛貓
人士阿輝夫妻
代養。

B計畫:
請娘家代養。

←算盤喔.

結果,因為那隻貓咪聽説有黴菌感染,所以
儘管阿輝那邊已給答应收留,我自己又覺得
不妥,畢竟他已有三隻貓,其中包括北鼻,我不願
給祖母級的北鼻老年不安……

你若不
給我去
找妻貓,

我再也不会
再幫你買
天長地久
棒棒糖!

威脅

説你太花
大錢!

但是你若幫我
這忙,礼物隨
你開口!

利誘

好咖啦
好咖啦……

省錢还是
人生第一
要務!!

我相信自己又
做了一个正
確的決定…

然後，貓咪來了，我一直叫我弟要向我回報狀況，
但他一直很懶得理我……

這位是米姑

因為我弟很被動，我只好開始問我媽。

神 桌!?

完了!!!　阿光軍的電話在
哪裡???……

我媽的老年也不能不安!!!
还有祖先和神也不能吧…

米姑經常接觸的人是我弟，所以他自然把我弟視爲主人，也纏著他黏著他，於是我弟有一陣子就覺得很煩，畢竟沒有那種心思和時間每天陪貓玩，自然，他偶爾會很有怨言。
不過最近我弟突然又開始很疼米姑了，因爲他發現米姑好會捉蟑螂！大男人如我弟，遇到蟑螂也是會驚駭大叫的，貓咪米姑現在是他的護花使者！所以他一整個又很疼米姑。

我本來以為我媽会把我罵一頓，畢竟我又為她惹來麻煩，但，没想到……

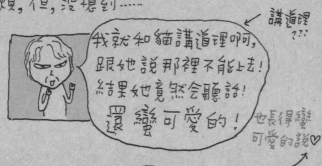

講道理？？？

我就和貓講道理啊，跟她説那裡不能上去！結果她竟然会聽話！還蠻可愛的！

也長得蠻可愛的說♡

那ケ♡是怎麼一回事？

……
…… ？…

我弟含著他説貓咪愛往高處，該不会是在替貓隱惡揚善吧？

原來我娘家的人还挺喜歡貓咪的！我真是多操心了！！！

没問題，送來吧！我也很欢迎她！
阿輝

抱歉一打擾了，打擾了！暫時又不必了……

這隻貓还真受欢迎哪…

不然送來給我做老婆呀…
MANY
YoYo
我也要開始練走天花板

真是成果很好的双成功AB計畫！！！

本集值日生：YOYO

如果說MANY是很善解人意（聰明）的話，YOYO就是整個很貓意。他似乎覺得舔別貓的皮毛是一種愛意的傳達和表現，所以，他和MANY互清皮毛我當然完全沒意見，可是YOYO有時也想對我表達愛意，所以他會趁我在睡覺時，跑來舔我的頭毛或眉毛！
這樣已經很恐怖了，更驚悚的是，YOYO有時會看著我，那個親愛的眼神似乎是要我去舔他的皮毛！或是質問我為何不對他表達愛意，為何不舔他的毛？・・・

我做不到啊

野 玫瑰

男孩看見野玫瑰
荒地上的玫瑰
清早盛開真鮮美
急忙跑去近前看
愈看愈覺歡喜
玫瑰 玫瑰 紅玫瑰
荒地上的玫瑰

男孩說我要採妳
荒地上的玫瑰
玫瑰說我要刺你
使你常會想起我
不敢輕舉妄為
玫瑰 玫瑰 紅玫瑰
荒地上的玫瑰

男孩終於來折她
荒地上的玫瑰
玫瑰刺他也不管
玫瑰叫著也不理
只好由他折取
玫瑰 玫瑰 紅玫瑰
荒地上的玫瑰

上星期，大王在網路上下載了一份他找了好久的鋼琴譜，我突然想起海角七號裡，舒伯特的野玫瑰！這麼簡單的音樂，一定有辦法叫大王彈給我聽。

花了一點工夫，才得知原曲名是 Heidenröslein，然後，下載列印出……

本來大王要彈他的 LIEBESTRAUM，因為野玫瑰只有一頁，所以被我插隊了。

野玫瑰這首歌我好像國高中的音樂課就唱過，一直覺得它是舉世聞名的曲子，但出乎意外的，大王竟然之前沒聽過！

當然，他一看曲名就知道是在講一朵玫瑰，所以他有他自己想像的故事（詞），他說他也非常喜歡。一直到我把哥德的原詞和英文翻譯找出後，他卻突然又失去興致了。

原來，他自己想像的野玫瑰是男孩愛上了野玫瑰，最終卻被玫瑰刺了一身傷這類的劇情，在他心中，男孩才應該是受害者‧‧‧

大王強忍下怒氣,再彈了一次,這次有彈唱譜的部份……

才怪!彈了一晚上的野玫瑰,大王終於不理我了!!……

九天後(果然吵了很多天)我只好在樂譜下寫下簡譜──

說到玫瑰,我常常並不認為玫瑰應該被看成女人的代表,我覺得它應該要看成是愛情的代表。

敗犬女王這部戲中,有一段牧師說到玫瑰的故事我也很喜歡,大意是說,一個男孩看到了一朵玫瑰很喜歡,於是想把它摘了帶回家,可是摘下後的玫瑰並不久命,它很快就會開始枯萎死亡。而如果不硬摘玫瑰,男孩就可以每天路過,看見玫瑰的美麗和生命力,心中也會充滿愉悅。(我轉述得並不好)

但是這一段我想到的不是女人,我想到的是愛情。當你真的愛一個人時,當你真的有了愛時,那個愛或那個人,你應該是想全力保護,讓他快樂自在美麗,而不是把它囚住。

ㄖㄚ 口公翔 !

冷空氣 = 新鮮的空氣？我一直很懷疑！但，
對於生長在挪威的大王而言，這是鐵的定律！

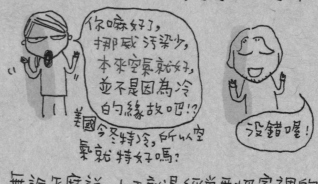

你嘛好了，
挪威污染少，
本來空氣就好，
並不是因為冷
的緣故吧!?

美國今冬特冷，所以空
氣就特好嗎？

沒錯喔！

總之，無論怎麼說，大王就是經常要把家裡的
窗開ㄍ小縫，即使屋外很冷！

多新鮮的空氣
呀～

肖A～

我的
家庭
沒有過
暖……

熱水
袋。

因為這樣，有一天，有隻蜂就從戶外飛進屋來...

臥虎藏龍

來西雅圖之後，我最高光的是從來沒見過小強，（英文名字John），我以前最怕的是會飛的小強，結果沒想到，還是被這隻蜂嚇得半死！而且他和小強一樣，很不長眼，偏偏會往人身上撲飛......
（感覺是討厭）

結果蜂飛得一直頻高，二隻貓雖然鬥志堅強，也一直沒能碰到......

躲在桌下的我，突然有真可憐起蜂來，外面這麼冷，怎麼還生存著啊......

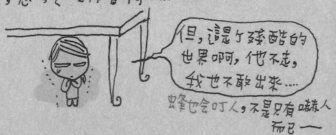

但，這麼ㄅㄧㄢ酷的世界啊，他不走，我也不敢出來....

蜂也會叮人，不是只有嚇人而已——

我感覺我家開始有一種小宇宙形成，一種大自然的食物鏈，一種物競天擇。舉例而言，我很久沒看見咪咪（螞蟻）出現在室內了，不過蜘蛛倒是越來越多，我想是蜘蛛把螞蟻吃了，然後小鳥（不知道是哪一種類）又經常在我家門窗縫隙間啄叼，好像是在吃蜘蛛？當然我家的貓也會幫忙，一看到蜘蛛在跑，馬上一掌揮過去，而我家的貓又靠我討生活，我又靠大王庇蔭・・・

我果然是王啊～～～！！

對！所以讓我們不要破壞了這個宇宙秩序！不要打掃喔・・・・

貓咪捉不到，想來想去我也只好用吸塵器了。

嗡 嗡

啊
啊
啊

啊

白痴！！
這樣吸得到才怪！

可是嗎？我也覺得自己很笨！怎麼忘了加長管，這樣攻擊範圍才會更大呀！

失敗為
成功之
母——

嗡 嗡

這回和
你拼了！

翁先生！！

大衣
的塑膠套。

等我終於吸到蜂後，不但滿身大汗，還差點缺氧……

就和妳
說開窗
不會冷，沒
錯吧？

好
窒
息
新
鮮！

下班回家
後。

死
海
盜
！

一切都是
你的錯！！

從現在開始給
我關緊門窗！！

說到蜂，我實在搞不清
英文的 Bee 和 Wasp
的差異，後者查字典是
說黃蜂？總之我家屋外
常見的就是 Wasp，我
如果每次說成 Bee，大
王就會覺得我完全人間
失格。

重點是，我覺得被蜂螫
到應該是很嚴重的吧？
可是據我所見，歐美人
士根本不把 Wasp 放在
眼裡，連以前愛傳還是
托比小時候被螫到，都
沒去看過醫生。

節約 好 生活

雖然我不唸經濟，我對經濟（商業）也完全沒什麼常識知識，不過我一直有個隱隱約約的感覺，關於「為何全球經濟會不好」。

就當我這個說法是意見之一吧！我的感覺就是，現代人非常重度依賴電腦和網路，工作上需要電腦也需要各種辦公軟體，娛樂上更是需要音樂、影片、書籍、遊戲等等東西，然而我必須說句實話，我們目前能從網路上取得的免費資源實在太多了！各種軟體如果你昧著良心，要從網路上拿到免費的多得是！音樂、影片、文章、遊戲這些，那就更不用說了！

可是這些東西也是有人，或有公司雇人力去創造出來的啊！而多數消費者在這個過程中所付出的甚少！如果你不需要花那麼多錢就有辦法得到這麼許多，這也意味著很多人都沒賺到應該賺的錢！這樣循環之下，經濟怎麼可能會好？

經濟不景氣已經很久了，雖然我們家目前都還過得去，不過，我自己也希望節約生活，共體時艱……我自己以前準備的屋外包裹接收箱，在上次風雪時被雪打破了，為了節約生活，我本打算自己釘一个，但，因為景氣差，很多東西實在很便宜，自己釘似乎不划算……

剛好我也要去幫我弟買棒棒糖，所以就一起尚車一起去了……

果然有大!!

賺到了!!♡

註 過去那个舊的比較小，但價格是這个的三倍之高。

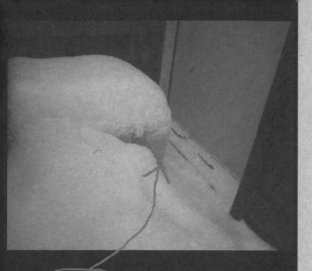

這一個，是我以前準備給郵差放包裹的箱子，大雪後，整個被屋簷上掉下來的雪打破（下圖，連同旁邊的藍色報紙箱都打破了）！

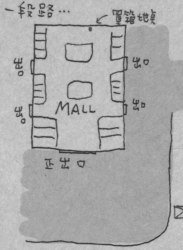

終於⬤走到我的車子後,不但我的手很抖,还發現車子差点装不下!

給我
進去啊～

美國大肥豬～

總之,它終於回到我家之後,我真的很開心,有一種很踏實地省了不少錢的快感!
更高潮是在煮晚飯時,本來打算煎兩个蛋,結果第一个蛋打下去,竟然是双蛋黃!!!

這一定是
老天爺給
我的獎
勵啊!!!

馬上又省了一个蛋!
趕快收起來～

我真的發現,節約也能很快樂!尤其是省在這种小地方,更讓我覺得精緻!

我的車
終於修
好了,花
了三件～

我也節省,
修而不買～

10萬?!

這一個就是這次新買的,
又更大了一些。

大?

噗～

哪有我大?

YOYO

李技安捏鬼

我真的不贊同，為什麼景氣不好、人民節儉度日，這樣還要有過???

請不要八股官腔地告訴我「要去消費救經濟」! 為什麼不叫銀行放款容易些、不要緊縮? 政府怕銀行倒，難道百姓就要去扛刺激經濟的大責任? **為什麼?** → 我終於清醒了!

好!

所以，我這一陣子很快樂地節約度日! 誰都別來勸我「懷抱罪惡」救經濟!

儘管，我自認為節約功夫大有長進，但，一回到台灣還是被娘家比了下去!

矮芽－我哪真的是什麼勤儉持家的料啊? 我很貪圖好日子啊，根本也吃不了什麼苦，再說，我也無法忍受自己太沒品味說。

我娘家之所以能感召我，讓我願意開始自發節儉起來，也是因為我發現他們的生活搞笑到「獨特的個性都出來了」! 這才開始讓我心生嚮往起來。我發現自己也很願意加入這一個劇本! 比貴婦的生活更鮮活多了!

去年我回台灣時,已經戒了搭小黃的奢華陋習,今年,我連捷運和公車都不太搭了,如果距離不是太遠,我都和我弟搶他的「小鐵雄」!

親戚的小孩不要的腳踏車,我現在都用这个載女友…

感动

已經5年沒買衣服了!

裡面有垃圾聽說是防盜用!

兒童規格。

多妙,要去哪?我的淑女型借你啦!

你的女友人格真高貴呀!…沒辱業你……

↑鄰居媽。(一年才回台一次,大家都对我特別好!)

我要学的,真的是太多了!我回家後,發現家裡客廳的電視終於壞了,弟弟說,他去二手店看上另一台大小類似的,但要四仟元,他買不下去──

太多了吧?!除夕怎能沒電視!?四仟!?我來出好不好!?

这樣就要抓狂,功力太淺了!

但我看的那台也是4仟,好像比較好!

四仟还要貨比貨。

但,可別以為他們活得不好,事實上,我媽自評她自己「很奢侈」──

所以上次回台,我騎這台腳踏車去銀行辦事。本來嘛,一台破舊的腳踏車,還是兒童型的,前面籃子內還有垃圾,我實在是不相信誰肯花功夫去偷,所以我隨便丟在銀行外面,就入內辦事了。

抽了號碼排之後,我坐在銀行的等待椅區中,或許是太閒,竟然越想越不安!我弟(沒有工作)是靠著這台腳踏車在生存的,如果我把這台車弄丟了,他該怎麼繼續他那刻苦的鐵公雞生活?他是否還有那種幸運再接收到第二輛?突然他那節約得幾近卑鄙的生活感動了我,我覺得自己無論如何不能遺失了這台腳踏車!

所以我跑到銀行門口去盯車,而我旁邊,也有一位太太在盯著她那臨時路邊停車的賓士,後來輪到她去櫃台辦她的事,她希望我順便幫她看一下她的車。然後她事情辦好了,她主動表明願意幫我看車,問我哪一輛車是我的,我說不出口···

我覺得我弟應該要很感動,我對待他那一台破腳踏車竟然如同賓士一樣的規格!

吃得粗，身体才会好！就不用花錢看病，我們家都是吃糙米或紫米的，也有走奢華風的一面喔！

我太奢侈了呢！～

原來最貴的是飯！！

所以，剛回台灣那几天，我真的是沒吃到白米。直到我媽請女婿（女乐夫）到餐廳吃飯那天——

貴盛，你遲到，菜都快被我們吃光了，快吃菜！

哈～

沒關係啦～飯也很好吃，也很久沒吃到白米了！

這樣的台詞聽起來多嚇人！沒住我媽家的，是很難理解我媽走的奢華風！

段飯吃嗎？

除此之外，我也还是有和媽去20元商店大買特買，也有去五分埔捐血（血汗錢）。前夫阿輝及他的太。竟然請我去吃王品，因為沒吃完我打包回家，也是一下子就被吃光了；前経紀人有送了一个蛋糕和手工餅干，這些，也算是我們家的華麗進補！

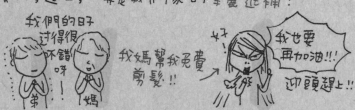

我們的日子過得很不錯呀！

我媽幫我免費剪髮！！

好～

我也要再加油！！！

迎頭趕上！！

每年過年這樣吃一圈下來，我膽敢說，我姊吃得最好，最美味，但是也最不健康。我對我媽的奢華米風並不覺得好吃（也不覺難吃就是），可是我和我媽住的期間，每天都要上兩次以上的廁所，而且不是烙賽，所以我能證實我媽吃的是很健康的，是對身體真的有益的。

美國有句話耳熟能詳 You are what you eat，我覺得確實是醬沒錯。

是我啦～

扭～

抖過關

從小，我就有發抖的毛病，緊張時会抖、肚子餓我会抖，天冷時，更是抖到無法擋！

但，我当然不是24小時無休一直在抖，所以不但我自己一直以為很正常，連我家人也永遠無法記得我有這个毛病。

結果我發現我忘記提另一點——我一不自在還會流鼻水。比如說，如果我闖進了一間精品店看見某包包的標價是十幾萬，我的眼眶就會濕，鼻子也會濕，是這類型的流鼻水。

所以整個搭配起來，我有時真的覺得自己的表徵確實有像個吸毒者！

母

老實告訴我，妳是不是有吸毒？……

我年輕→時。

什麼!?

更年輕時：

就是這樣，然後……

小老師

張妙如手抖成这樣还能刺繡，真是奇蹟！……

連前夫阿輝也毫無記憶！

妳不現在看起來好多了——前年妳真是抖得不像話！

煙抽太多喔！

是你失憶吧？前年是因為在屋外，屋外很冷!!

總之，為了這發抖的小毛病，我当过吸毒者、酒鬼，現在，还多了一項——嫌疑犯！

話說，美國入境規定在今年1月18日又改了，以前有綠卡

我不懂···
我要去問肥肥夫人，為什麼我長得這麼平凡，打扮也在常人的範圍之中，舉止也是走模範風，體重也沒過重，卻老是會被挑出來檢查？
難道是因為我行李不夠多？

肥肥夫人說：請打占

的人可以和美國人一樣，走「公民」那條通道入境，而今年規則改成 綠卡持有者一律和 持簽証者一樣，走「訪客」通關入境！
但，我事前當然不知道有這回事，直到回美時才發現。

可不是嗎？而且，我這次還被抽檢行李！！！

檢查我行李的官員是个黑人，我先是親切地向他問好。不過，他完全非常嚴肅。

当他在电脑中确認我的綠卡資料時，我心想「应該很快会拿回綠卡」，所以我又翻了手提包，把皮夾拿出來「待收回卡」。

妳在做什麼!?

用是什麼東西!?

← 非常激动! 彷彿我是掏出了手槍!

啊? 只是皮夾呀…

別嚇我—

← 開始抖了。
我以為我很快会收回綠卡…

就這一个舉动，我的不幸開始了！
我被要求把所有的東西，放在枱面上，手提袋、皮夾、甚至外套都要脫下來！而這位官員也非常仔細地，一樣一樣慢慢仔細檢查！

妳為什麼在發抖?!…
是有什麼陰謀?

怕我查出好的底細呀？

我從小就这樣了，我怎麼知道？

拜託喔! 歐巴馬!!!
我又冷又怕，
— 能不抖嗎?

人在爆衰時，通常就是連爆！在外面久等不到人的大王，打電話來問狀況！(我是通过移民局指紋問訊筆檢查後，才打開手机的)

下一頁的內容

還有說到這個藥罐我就氣！明明我之前已經和牙醫修正過出生日期了，最近去領處方籤的洗髮精時，發現生日還是被打成對的（但是並非證件上的），明明牙醫和皮膚科是不同醫院，為何反而皮膚科會跟著牙醫改，而不是牙醫跟著皮膚科改？這也就算了，前幾天我又去看牙醫，我盯著牙醫的櫃檯小姐把我的生日從他們電腦中修正了（事實上是修錯）。

（接下一頁邊條）

這時，当然又被欧巴馬惨訓了一頓！我立刻閣机。

這是妳的藥？

為什麼上面的出生日期不是妳的？

→ 被我捉到了吧！哼－

美國的牙医開給我的。

…完了－

我該怎麼解釋呢？我媽將我的生日晚報了，所以證件上的生日從来不是我真正的生日，而当却幫我去和牙医預約的大王，又不小心給了牙医我真正的生日，所以，就造成今日的狀況……

我在心裡告訴自己，絕対不能解釋這麼多！欧巴馬不会了解的！所以，我堅持是牙医那裡电腦弄錯了！

這張入境申報單是妳填的？

底下的簽名是妳簽的，沒錯吧？

有我檢查你的行李之前，妳要不要改？

別說我沒給妳机会！

不改！！

忘了說，我生氣也会發抖，所以這裡真的是抖得洽一！

難以想像！

其實箱子裡都是几天以来沒洗的髒衣物而已！！

要細蕃又蕃啊

贏了！！

別想我会害羞或有罪惡感！！活該！！

（承上頁邊條內容）

當天我又有藥要領，因為牙醫有開藥給我，結果我去藥局領藥時，他們說沒有我的藥，我以為是牙醫動作慢，還沒將處方籤送到藥局，所以我回家等了一天，隔天再去藥局領藥，但藥技師還是說：沒有我的藥！

這時我突然想起，該不會是我的生日又沒有改錯回去？（這句話真奇怪）所以我報了真實生日給藥技師，結果確實有我的藥等在那裡！確實他們整個系統的我的生日都是「非證件上」的那一個！

我有個感覺，遲早美國政府又要因此查我吧？‧‧‧

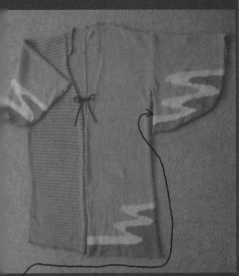

織 和 服

成品就是這一件。
但事實上過程中也發生不少小意外（非歡樂的）。
首先是，幫我織造的人住歐洲，他選用了最慢的郵寄方式，因此拖了好久之後我才收到，我們兩一度都以為包裹已經遺失。
其次，這個歐洲人不懂和服，所以他把這裡縫合了（此處其實是有洞的，不需縫合），經我提醒後他拆掉縫合線，卻不小心把片身剪破了！為了不讓我發現，他竟用鉤的方式鉤了一圈「滾邊」遮起來！等我收到衣服時，當然是自行把這一圈滾邊拆了，這才發現了他的破洞，我整個人都快要昏死過去···（當然後來我自己勉強修補好了）

過年回台期間，有去找阿輝，那時他穿了一件日式的絆纏——

好冷喔—

可惡！你怎麼有這種外套？！人家想要很久了！！

洪太太—年輕貌美！

我也有喔……

什麼呀？！我以前不是有買一件給妳？

不一樣！！你的有舖棉，你買給我的沒舖！！

小氣※！

我真的很喜歡這種「有舖棉」的日式外套，可是一直猶豫沒買，因為我聽人家說，這是室內穿的外套，最好不要當外出服來穿。

你有穿去外面過嗎？

果然

沒有…
不太敢…

如果不能穿去外面，一切就沒意義了——
妙云心靈詩句

是因為醬，我才一直沒買的。

從此書比對可以得知，上一頁的成品圖之衣服中央的結繩，是我自己加的。

是有一些和服外套是能穿出去的，可是，少了舖棉又似乎少了那种隨性感，變得过度正式……

对了！！女喂是用毛線打的呢!?這樣不就又有隨性感，也有温暖味!!

而且，這麼一來，不像的東西，就算穿出去，日本人也不敢說什麼了吧?!

是嗎? 誰說的?

可別以為我要想天開！我已經实驗过很多次了，美國，可愛是一个什麼鬼東西都能找到的國家！確实有人用毛線打出和式外套！可是花樣顏色我都不喜欢，最後，我 END UP 買了一本 和服編織的書 (KNIT KIMONO)

你們們那些人不是男女老少都有学打毛線

再不放我要喊救命了喔！

你打給我啦～

你不打給我，我就要殺球了喔…

我……我一定叫我媽或我妹打給你!!!

別乱來!!!

拜託喔！我小姑 大月子快生了耶！而我婆婆和我,都很滿意我們目前冷如冰的狀態,誰也不想去破壞吧?

這裡提的網站就是
etsy.com （英文）

我有沒有說過,美國是ㄍ什麼鬼東西都能找得到的國家? 連訂做東西都可以讓人去競標!（非伊貝）

我才剛把我要人代織的 請求 PO上網,不到三分鐘馬上有五ㄍ人在競標（競工、競低價!）,生意之好,簡直嚇我一跳! 不到十分鐘,我已經順利結標,選出一ㄍ幫我打毛衣的人! 這可不只是台灣人的賣時間而已,他們还賣專業!

　　　　註:有人在網拍拍賣自己的時間,当跑腿。
（而且相反地,是由「有需要的ㄣ」（買方）去刊登,由提供者（賣方）來競標。）

若是要找人幫你做東西,在首頁的上方按下 "Custom"

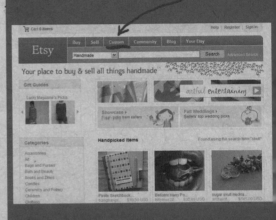

當然,你要有一個帳號才能使用該網站,而要求代製最好是要貼圖片給對方看。

約定 蓋章

從幫大王画素描、法蘭西斯2号（濃縮咖啡机）、側影木柱、DNA 掛画……，大王終於養大 胃口，对我的礼物期待不已……

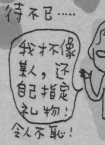
我才不像某人，还自己指定礼物！令人不齒！

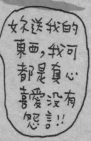
妳送我的東西，我可都是真心喜愛没有怨言！！

那是因為我比較会送！我比較認真在讓你欢喜！

因為有人如此期待，所以我也不得不提早開始注意結婚入週年的慶祝礼。只是，原本準備 3 个月慢慢找，但「前敗家女」的实力还是太強了，竟然不到三天就讓我看到心動的！

這是我買的戒指
裡面當然是大王的名字

設計：
Ineke Hans

2005 年時，先由一位荷蘭籍的設計師設計出 "FOREVER YOURS"「永屬於你」

戒指外推一些
看得出印痕嗎？

看懂了嗎？就是讓那些在戒指裡面的印模，把字印在你的肉手指上！

不过,荷蘭的設計字好像有点太多了,搞得戒指有点太厚!
相信一定有人和我有一樣的觀感,所以,後來又有一位韓
國的設計師做了一个類似的!這回,秀氣很多——

網址:
www.yoonjungyun.com/shop.htm

裡面的字是
"ALWAYS" 「永遠」
或
"Marry Me"「嫁給我」

設計:
YOON JUNG YUN

這些戒子裡的
有比在手指上
紋上一个永脫
不掉的字好…

雖然我不是要結婚,不过,我覺得結婚八週年了,是可以
RENEW 一下戒指了,如果它也能讓我們為前八年打成
績,為後面的婚姻繼續努力……有何不可?

手指借
我量一下
尺了…

我知道你要
做什麼了!!
你要送戒指!!
白痴都知道!!

但,

我們已經有婚戒了呀!
這樣不吉利吧?……

不吉利? 誰說的?

我們結婚
當天,攝影
師在沙上寫
了 Just Married
還畫了ケ心。

JUST
Married

結果還沒拍照,
海浪就把心
捲去了,你那
時說了什麼?

不吉利…

看到這幾年來,韓國無論
是戲劇電影或是設計產業
,都逐漸強了起來,我不
禁感到有點ＢＩ(悲哀的
台語發音)。
台灣也有很多很棒的人才
啊!爲什麼我們就沒有那
麼廣泛地被注意到?···

肥肥夫人說:請打占。

大王收到戒指後非常喜歡！也覺得這是很好的設計。可惜，當初量指圍時他太不配合，所以他的戒指有稍大了些。

但這也不是不能解決的事，太大比太小容易些，我們只需要找時間去珠寶店找人修改就行，而且暫時解決的方案也是五花八門，像 Wal-mart就有賣一種很蠢的東西

這只是一條透明中間劈開的管啊！我真是不懂美國人怎麼會出這種東西來賣？而且不但有買，評價還給得不錯！

休閒 活动

這幾年來，我是一個偵探小說用很多的人，因為直接要閱讀英文書的話，太深的我看不懂，太笨的我又讀不下（例如羅曼史），所以我还是把注力放在偵探或懸疑緊張的小說類，而最近這半年，經朋友介紹，開始讀一个英國作者 M. C. Beaton 的阿嘉莎·萊辛系列，劇中偵探阿嘉莎是个直線條的大姊頭，也很討我和大王欢心。

請大家，不要把這裡的
「偵探」阿嘉莎和
「作家」阿嘉莎克里絲緹
搞混了…

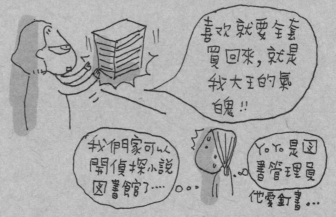

喜欢就要全套買回來，就是我大王的氣魄!!

我們家可以開偵探小說図書館了…

Yo Yo 是図書管理員
他愛釘書…

所以，日夜這樣讀，有一天就發現，我們家也出了一个玄案!

停在自宅車庫前
與人無爭!

……

不是我喔……

是誰這麼過份，在我的保時捷上打蛋!?

有的很奇怪!!

處之蛋然。

妙

本來我有推理過，這會不會是一顆槍上掉下來的鳥蛋? 不過，看過蛋殼大小後，確認它是雞蛋沒錯。
大王的推理是，有無聊的人或年輕人 因為「嫉妒」，所以痛下毒手。

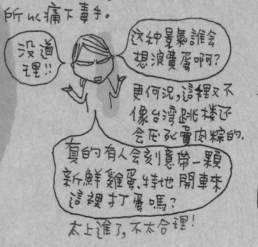

沒道理!!

這种景氣誰会想浪費蛋啊啊?

更何況，這裡又不像台灣跳樓还会压死賣肉粽的.

真的有人会刻意帶一顆新鮮雞蛋,特地開車來這裡打蛋嗎?

太上進了,不太合理!

難道拿狗出來散步或跑步健身的人会隨身帶蛋,以備不時之需?

鄰居們的距離也都不近，也不太可能暗藏去鉛球的選手……
我們都被這一顆蛋迷惑了，由於蛋殼就在地面上，所以，更不可能是在行車途中被人亂砸。

我偷偷埋伏了三天，真的是看不到有什麼可疑的人路過或徘徊，但，大王真的很心痛，雖然車子沒有任何損傷，但是，污辱他的愛車就像污辱他本人一樣，難以放下。

蛋忘不了...

美國不是景氣大衰，失業特多嗎？

怎麼事實是有人吃太飽還嫌蛋太多，要找地方消庫存？！

別吵了，我倒是不介意人家給我蛋......

★對了，我們明晚去草船借箭算了！（我真是文人）

一个想捉凶手，一个想要免費雞蛋，二个白痴的合体計劃就是——

開著車去囂張！（我順便帶个布袋，隨時準備接蛋。）

凶手，我來了！！一定要你心癢上鉤！！

美國遍地是黃金呀！还有蛋可拿！—美國夢！！—

當然，可想而知，案子沒破，也沒拿到任何金雞蛋，只有阿嘉莎．萊辛被我們在茶餘飯後演活了。

世界上 最遙遠的距離

我很愛用國貨,連之前二任的手机都是用台灣自己的品牌,而且,我也相當滿意,唯一的問題是:它們在我家收訊很差。

我們這款(多普達)舊手機中有個遊戲叫做 Bubble Breaker,孩子們都很喜歡玩,於是,大王竟然自己做了一個給PC用的,電郵給瑪優。

重點是,他有一次和他的同事聊起此事,一位中國同事也說自己在做象棋遊戲——這些人都把做遊戲當成業餘嗜好!因為他們的工作範圍和Windows所附的遊戲完全無關!

遊戲真的這麼容易做嗎?我吃了一驚之後,覺得做網站對大王而言也應該是沒什麼吧?所以要求了大王,希望他有時間也能幫我寫個新留言板程式。

但我果然是個沒地位的人,他立刻就說不要。

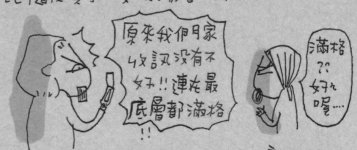

該不会……台灣手机水美也水土不服?

连大王我也給他買台灣品牌!

哪陌这种事?可能就是我們家收訊不好吧?

後來因為大王不小心把这手机搞丢了,只好又在美國当地隨便買了一隻很陽春的手机——

原來我們家收訊没有不好!!連在最底層都滿格!!

滿格?好久喔……

僅管如此,我对我的手机也没離棄,雖然,我們家裡只有一个小区是我專門接收手机的

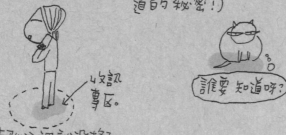

「机电話亭」——（还隱形式設計呢！只有屋主知道的秘密！）

收訊專區。

誰要知道呀？

超出這裡就沒格。

有到去年底，因為聖誕節我決定和貓咪們留守西雅圖，大王擔心收訊不佳的手機萬一緊急時連電話都打不出去，我們才又臨時再買了一枝@收訊佳的陽春手机，这下子，連我也能在底層講電話了！

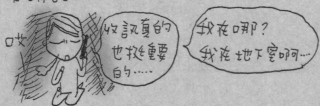

收訊真的也挺重要的……

我在哪？我在地下室啊…

不過，我今天真是又捉狂到了!!!

我这支異國的新手机呢，也拍了不少照片，現在已經滿了，我一直想把这些照片下載到电腦中，但，陽春手机並沒有和电腦的連接線，唯一可用的連接方式是藍牙。

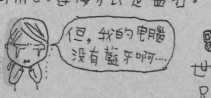

但，我的电腦沒有藍牙啊…

古董电腦

世上最遙遠的距離!!!

但，大王做的第一個遊戲其實是數獨，那當然是因為我當時迷上了這個遊戲，所以粉不屑的大王，一下子就做出這遊戲來氣我。

果然從那一刻起，我就再也不玩數獨了。

這就好像，一個人好不容易靠自己自力救濟計算出1X到99，而別人電子計算機按一按，幾秒鐘就得到答案了！

這樣還有什麼解謎樂趣嘛？不是嗎？

				6				4
6	9			4			1	
			5	8			6	
		8			4		7	
2		9				1		8
	4		8			5		
	3			1	6			
	6			7			5	3
8				5				

我想起，大王的電腦有藍牙，所以，我就打算將手機裡的照片傳給他，再由他的電腦email照片給我……我從我電腦接收。

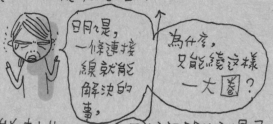

明明是，
一條連接
線就能
解決的
事，

為什麼，
只能繞這樣
一大圈？

へ！妳沒助跑！
這樣沒有擠霸婚！

如果我能未卜先知，我（上面）這裡簡直就是已經抄近路了！！

好不容易，電腦找到我電話，我電話也認了親，我這才發現，我的電話裡的照片根本無法用藍牙傳！！！——只能用簡訊傳，或傳給 HP 的什麼碗糕裝置！！！

咦
哪呵

去死吧

呵呵
啊啊

不能用藍牙傳照片，
你內建藍牙做什麼
！？！？你廢柴！！！

這絕對是最標準的商業
配套！有圖利電信業者
及照片沖印業者之嫌！

最後，我只好用傳簡訊的方式，將照片傳到大王的手機（他的陽春手機倒是能用藍牙傳照片至電腦），然後呢，再從他手機傳照片入他電腦，最後，再email寄來給我，從我電腦接收。這，真的是世界上最遙遠的距離！！！

治水

之前，我家主浴室漏水事件，導致了那水電工華貴的一転，（請往前翻看）後來因為原廠零件難找，暫時先請了另一水電工把蓮蓬頭出水口堵住，這之後，我和大王就搬到客房去睡了，那裡也有浴室，而且是美國版的衛浴籠頭，所以我們「眼不見為淨」，已經完全忘記家裡还有東西还沒修換好。

我家已經沒客房了。在眼不見為淨的駝鳥舉止之下，如同我交換日記第１２集中也有提起的，燈泡壞了就去樓下（也就是主臥室那一整區）摘採一顆來替換，所以現在整個樓下已經沒有太多東西還健在了！我們竟然能節節敗退到這種程度，三層樓的家只用兩層‧‧‧

這个蓮蓬頭真是好啊

孔武有力

可不是嗎？美國粗勇款就很好用了嘛！何必用到歐洲品牌…

前屋主頭壞了…

今年以來，客房的馬桶也開始漏水，狀況就是如完廁沖水後，水還是會不停地從馬桶蓄水箱中流進馬桶，雖然是小港的水慢慢流，可是我知道積少也會成多的道理。

把馬桶蓄水箱打開來看，發現是活塞（就是水流管道的塞子）不知何故對不準了，所以水就無法被停住。之後我規定，凡是上完廁所沖水後，一定要掀開蓄水箱「手動地」將活塞推回正確的位置。家規一定下去，大王從此乾脆就不沖水了（除非是上大號）。果然是有人中之龍的氣魄！

（續接下頁邊條）

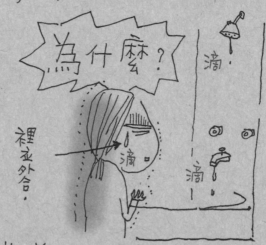

但，好景不常在！就在我們安住客房數个月後。

為什麼？

裡並外合．

滴！

滴

滴

難道，一切都是因為我們萬能神奇的又又手？——

切指吧！！！

不然日子过不下去了！！

為什麼切我？！！

妳自己何不肚烈犧牲？！

而且，狀況簡直是沒創意地完全照抄！：

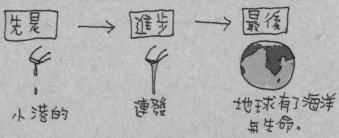

先是 ——→ 進步 ——→ 最後

小港的　　　連發　　　地球有了海洋與生命。

我記得好幾年前，有一次去自來水公司幫朋友買接雨水用的桶子（在國外有不少人會去收集雨水，實際上是為了做什麼，我也不清楚，我唯一想到的用途是澆花），當時發現水公司有免費在贈送馬桶活塞，我雖不知道怎麼換，也不知道尺寸規格合不合我家馬桶，我還是拿了一組，免費嘛！

但是拿回來之後，始終也沒用。我家三個馬桶外觀完全長得一模一樣（同牌子同貨號），可是裡面的活塞卻是三個都長得完全不同！所以我完全很迷惘，就沒有心思去換活塞，反正當時馬桶也沒漏水。

今年馬桶開始漏時，我當然就想起了那個免費活塞，可是它和我漏水的馬桶的活塞長得完全不一樣，我完全不知道怎麼可能換？可是我已經受不了沒人肯沖廁所了，終於我努力去研究了！（過程刪）

最後我是把馬桶漏水修好了，在沒花一毛錢之下！所以最近有點想再去一趟水公司多拿兩個活塞・・・

人妻 的 算盤

在各行各業都景氣奇差時, 去年聖誕的害拚檔期, 美國 亞馬遜網路書店宣稱, 他們的業績好得不能再好!

我同意～～

亞馬遜很詐啊! 動不動就推出免付運費的好康!

這個免運費方案吸引人之處並非免費而已, 而且還很快——寄送的速度。這才是讓人更加放不下的誘惑啊!

而它, 深深誘我「放不下」!

再買8.99元, 您就能得到免付運費優待喔……

算盤→

喔～! 我目前的運費要花近10元, 好!!! 值得拚這8.99!!

不能不吃起來!!!

可是呢, 我偏偏又有急性子的毛病! 有時我並該等一段時間, 該想買的東西自己累積到足

夠享用免運費的額度，再一起買才是！但，我卻經常不是這樣的！

8.99 沒有很多，隨便挑一本書來湊吧！

做人不要那麼娘！！

之前不知道是誰，一直在重複打算盤？那樣就有很豪氣嗎？

這樣幾次之後，我確實就發現，我有強買了不必要且後悔的東西，可是下一次再上亞馬遜，還是依然放不下那免付運費的誘惑！

上星期，我迫不及待想和大王分享在全世界賣量超過一億的冊灌籃高手！

再8.99免運費

可惡～～！！灌籃在美國只出到第二集啊啊！！8.99要我買什麼

喂，我可以等，不必急著現在買……

不行！！你早就進度落後人家很多了！你一定要趕快迎頭趕上！！

全國大賽會來不及參加！！

英文版灌籃高手

大王完全來不及參加全國大賽！他竟然到現在都沒有去摸過書！還好我只買了兩集！…

就這樣，我又勉強買了二本我也忘記是什麼的書，
重點是，灌籃高手來了。

我真的是一個從小懶得動的人，也未曾著迷過任何體育或球類運動，但我是幸運的，從小有個愛看籃球賽的矮子姊，所以就跟著了解了一些籃球規則；稍後，又有一個愛打棒球的老弟（不過他自從被棒球正面打斷鼻樑之後，就再也不參與這危險的毀容運動了），我又跟著老弟了解了棒球規則。所以呢，體育頻道上無論是籃球或棒球，我至少都還看得懂那些人是在為什麼而流汗。

大王就完全不懂籃球，每次他看到一堆人在那裡追著一個球跑，他就不懂那有什麼樂趣？只差他沒有像櫻木花道那樣說出「這不過是投籃的遊戲罷了」。

我大概真是駝鳥投胎來的！
雖然這一次是有去看醫生，也治好了頭屑，但若有人問我掉髮問題是否真有得救？我其實是不知道的！

因為後來我把頭髮剪短了，自然每次洗完頭後的落髮看起來就「小團很多」，我於是也沒再去數究竟是有幾根！只要毛髮團變小，我就當它是治好了。

頭已不再有屑，

其它的就是
一管它的！

鐵血兒女

我的頭皮(屑)問題一直沒有很積極去解決，除了說，因為它也不太癢之外，每次我回台灣，一接受到台灣濕潤的空氣，它也總是立刻改善很多很多，所以，我一直覺得頭皮的乾，必然和我所處的環境有關，才沒特別去進行什麼治療。

然而，這一陣子以來，我開始掉髮了！！！╰╰╯╯！！

終於，我決定看医生了！決心要積極治好頭皮及屑的問題！

我們以前那个家庭医生離開我們去的医院之後，後來换了一个中國裔的護理師，不過，我不是很信任她！除了她把慢性肺病翻譯成肺結核之外，她第一次見到我也堅持她自己也是台灣人，但我覺得她說謊——是中國人我一点也不介意！但，「欺騙不實」我介意死了！

所以這次太王幫我預約，電話中有指定「另一个医生」，哪知，我們去了医院之後，又是这个中裔護理師來看！

真想叫這個人見見我姊！這樣她就知道，說我頭髮少是多麼無稽的判斷啊。

沒家医院是沒医生了是不是!?

取消預約好了！不要看了！

算了啦——再不看我頭髮可能會掉光，先聽聽这護理師怎麼說…

結果，这位中裔護理師果然把我嚇壞了！

她本人屬於一「毛髮濃密的」。

妳的掉髮很嚴重！我覺得妳缺鐵質！

一天200根算很嚴重嗎？

妳看妳的頭髮剩這麼少！

喂！我並不是掉到剩這麼少的，我天生、我家族本來就是少毛的！

但，不論我怎麼嚴正解釋，多毛的她依然堅稱我「頭髮掉到只剩單薄一片」，也認定我缺鐵。

← (我倆是用中文交談的。)

妳还有没有例假？

例假？什麼是例假？？？

什麼？

就是月事啊！

什麼!?我難道看起來已經像停經的老人了嗎!?!!

我当然还有月經!!!

老天！……而且，这年代还有台灣人会把月經說成例假的嗎?!古代也沒有吧？

这就是了，妳的血还在流失！一定缺鐵……

封，她还堅持我要抽血檢查──證實我缺鐵！我真想把她殺了，順便反攻大陸什麼的！不过，知平的我畢竟又是堅持轉看皮膚科──这回，確实有預約到專科「医生」！白白被抽了一管血，就說我当成是必要的犧牲吧！哎！……

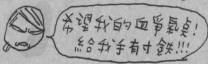

希望我的血够气豪！給我手有寸鐵!!!

後來的驗血結果是我嚴重缺乏維生素D，但這好像和缺鐵沒有很直接的關聯，這位多髮小姐硬要我再回醫院讓她補D，可是我只想一次看一樣東西，請先治療我的頭嘛！補身體的之後再說好不好？況且市售維他命那麼多，補D我自己補也可以啊！不要浪費我的醫療保險吧？

所以我堅持不回去，堅持轉去看皮膚科！果然後來的皮膚科（不是這位多髮小姐）有治好了我的頭皮問題。而我自己也買了魚油＋D來吃了，聽說西雅圖多雨，所以多數人確實是缺乏D（日照）。

許太太

其實MANY已經有三任太太了，第一任是這隻貓：

但是這隻很小，大概只有許多體積的四分之一大而已，當初也不是買來給他做太太的，算是他自己強娶。

不過就是因為這隻太小了，被許多踩到像毛皮地毯一樣扁，我每天都得費勁把這隻白小姐救回來。

我家的貓許多先生，雖然已経結紮了，还是不時会有發情的舉动，以前，在「家教嚴格」之下，我們有小心保護幼小的YOYO，而現在，YOYO已経長成大力士了，許多先生簡直是自取其辱……

还來，煩不煩呀！

肥貓

也不省省自己幾兩重而已！

所以，很多孤寂的夜，許多是抱著棉被哭泣的。

口畏!!

不要指染我的棉被!!

真可憐

四处被排斥……

因為这樣，我家又多了一个新成員，許太太——

第二任太太，當然是我做的這一隻藍小姐，但我要快樂地宣布自己徹底失敗！
藍小姐一直以來都是清白的，只淪為被家暴的對象而已，從來沒有誰和她來電過，儘管她有大屁股。

就叫妳要縫ㄍ眼睛嘛!沒眼睛怎忘來電?

大王如是說

所以，我們決定任其自然，希望MANY有一天会發現許太太的美，決定開始約会……

許太太小档案：

品种：短絨布貓。
顏色：天藍。
特徵：屁股有料。

就这樣隨緣放任了一陣子之後，有一天，我竟發現許太太開始「長疹」!!

怎麼回事!?
難道是得了
性病不成!?
也太扯了～

経过偷々觀察，原來，許太太已經成功地打入社交的世界，不过，她並不是用青春的肉体為手段的交際花，而是直接成為魔爪下的犧牲者……

磨 磨

馬扁肖！
这難道不是磨爪用的？

跟你老婆任人欺負，你还有没有良心？

以為我不懂流行嗎？？ 嘖！

第三任太太：葛莉絲。

如果說，生命中真的有「註定」的那一個，葛蠣絲就一定是。自從她被我從藥局領藥順便買回家後，許先生日夜歡愉從此不早朝・・・

別問我姓名

上个星期，在台灣有條新聞說，美國眾議員布朗認為亞裔人的姓氏太複雜，建議亞裔採用容易的姓氏、以便人們辨認。此新聞聽說引起全美亞裔不滿(?!)有人甚至要求布朗不是道歉就要下台。

有一次朋友的外籍九問我，我的英文名字是什麼？我回答MIAO，他說不是，是「英文」名字，我這才了解他是預計我說珍妮佛或黛安娜之類的，我說我沒有，就是用MIAO而已。不過我也不生氣，畢竟誰是第一個亞洲人取洋名的已經古老得不可考了，洋人認為你會有個英文名字也是很自然的事。

所以啊，我真的不懂啊不懂！為什麼布朗這樣說，亞裔要生氣？很多洋人在台灣也姓何姓謝姓胡啊！

Well, 我在美國

我沒有不滿!!

人實在不需要瘋狂到這种程度，尤其是住到國外來的人！

我姓張，護照上的拼法是Chang，然而，就我所知，也有人是拼Zhang、Cheung的！總之，外國人不就是取其發音而已，真正該怎麼拼，實在完全不重要！

更何況，我們亞洲人很多人也從小就有取英文名字了，珍妮佛、史丹利的，怎麼他們的父母當初給孩子取洋名就沒意見？

正在做稿的此時（今天是星期六放假日），突然接到大王的上司打電話來要找大王，而且打的是我的手機。大王不在家，因爲今天是週六他可以喝酒，自然是在 Pub 裡。

我慌張中也沒有細想其中癥結，立刻打大王的手機給大王，連打五通都轉入語音信箱後，我於是明白爲何大王的上司會打我的手機！大王的手機一定是沒電了，要不就是忘了開。

問題就是，我最好要趕快聯絡上大王，把他老闆找他的事轉達到，所以我上網去查大王常去的ＰＵＢ的電話，想打過去，請他們幫我找到大王來聽電話。

（續下頁邊條）

布朗表示並沒有歧視意図，她只是想解決困擾而已。
我相信！
事実上，挪威人大王的姓氏開頭是 Skjol……（太長了）
因為那 Skjol 來到美國也有很多人不知該怎麼唸，
所以，給駕照單位當初「根據大王自己唸出來的音」，
直接把王的姓氏改成 Sjol……（太長了），從此，大王
在美國也改姓了，據他說，很多挪威人到美國後，
因為常遭遇美國人不会唸乱乱的困擾，他們也
脆 自己主动把姓氏改了！所以，我認為衆議員
布朗的点子並不是完全沒有根據、自己乱想出
來的。也应該沒有要歧視亞洲人的意図，亞洲人
実在不必民族意識如此強烈，尤其是已移民到國
外來的人！

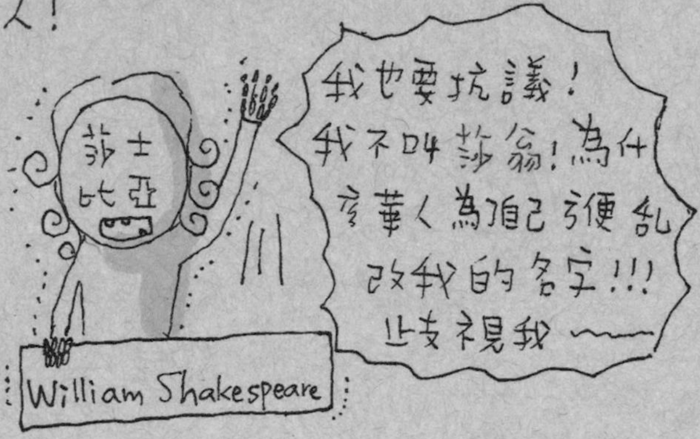
莎士比亞
William Shakespeare
我也要抗議！
我不叫莎翁！為什麼華人為自己方便乱改我的名字!!!
歧視我～～

如此這般，世界真的会比較好嗎？以後学生為了不歧視別人，是否应該把莎士比亞的英文本名背下來？还有貝多芬、海倫凱勒、艾迪生、愛因斯坦……等等！

我实在不知道这些住在美国的亚裔人究竟是怎么想的？我的Chang已经算是外国人都普遍知道的大姓了，但，我还是经常遇到困扰！

姓？

张

坦白说！我实在不会唸Chang！所以我都直接用中文的『张』发音。

对不起，怎麼写？

C·H·A·N·G

Chang

噢，这该唸Chang！

对嘛！唸Chang！

什麼嘛……说得好像我不会唸中文似的！！！

还要外国人来教我唸『Chang』！

真希望我姓陈！ 或叶(YA!!)

以上案例还只是餐厅预约桌位而已，光一个张就要花一分钟沟通，不知道人要坚持姓名做什麼？真的有比较尊贵吗？

（承上頁邊條）
順利查到 Pub 電話號碼，也打了，對方聽起來很和善，願意幫我去找大王，可是在名字上我們確認了很久，我說Ａ・Ｒ・Ｉ・Ｌ・Ｄ，Arild(英語發音)，他問我怎麼發音？是不是像講 Arrow-d？我有一點靠腰了的感覺，字母都逐一拼給你了，我能發得出來的就是我自己的發法了，我能怎麼辦？還好佀也沒有爲難我，他說他會去找 Arrow-d，請我聽音樂稍等。
過了一會兒，果然是大王出現在電話那頭，我真是謝天謝地！
之後，大王很快就回家了，他說那位先生人可真好，跑去和他說「有個 Lady 找你」，我一聽到自己被稱爲 Lady 自然很高興，就說「可不是嗎？他人真好，連我發音不準確都沒計較，還能找到你！」
結果大王說：「不，他有問我『你是在，還是不在？』」。

再戒

本文純屬作者个人自由意見，與任何公司.団体等無關！

「抓違規菸商」這句話究竟是什麼意思？有哪一家菸商不違規嗎？拜託禁煙團體和政府都行行好！請趕快讓所有的菸品菸商都消失於這世界吧！要不然就不要怪菸商的銷售手法了吧？

我不會因為寫了這些就被抓去判刑吧？搞不好耶···

這世界早就怪怪的了···

煙害防治法在台灣已經實施了一陣子了，我还聽説，連电子煙在台灣都屬違法！結果，这一个消息不但没有使我覺得該拒絕电子煙，还更讓我加速腳步，趕快在美國買电子煙！

日本、美國、欧洲都没禁电子煙，

这該没有那麼危害健康！或不安，趁合法時，趕快下手！

在美國，Costco.Amazon 都有賣呢！

不吸煙的朋友大概覺得这种舉动实在難以理解！何必要從一个毒，再跳到另一个毒，有必要或有意義嗎？

但，請相信我一个毒蟲真心地表白，為了希望自己能戒煙，哪怕只是「可能有效的替代物」，我們也是盡力在嚐試著！尼古丁嚼片如果合法，就很難説服我，只是多加了蒸氣的电子煙不合法！

曾經,也想去看医生,請医生開給我戒必適的戒煙藥 来戒煙的我,後來非常慶幸自己行动没那麼快!因為戒必適陸續伝出使用者自殺,或有自殺傾向的新聞!戒煙,真的不是非煙正人君子族想的,那麼單純的事!

我並没有幻想电子香煙能成功戒煙!我只是覺得,能多替代真煙、能減量使用萬惡的真煙,就已経算是成功的商品了!

歐——這真的还不錯耶!!

我有信心減量!!!

真的还不錯!!

但坦白說,电子煙也确实不該号稱能戒煙!我到現在也还没能戒掉真煙,只是使用量減少了一半以上;而大王,儘管是在电子煙商的「連在飛机上都能使用」的宣伝下,依然不敢大方地在室內抽电子煙,然而,一旦走出戶外了,他的想法是:

都走出來了,我又何必抽假煙?

果不出所料,電子菸又被各方研究說多毒又多害云云,所以我也又回到正毒又正害的真菸。

其實也沒差,我反正從來也不敢在公共場所抽電子菸,確實一樣是要走出去,找一個沒人的角落卑微地做這件下流的事···我並沒有我想像中那麼勇敢,我不敢憑一支玩具槍恐嚇別人啊···真槍就更別說了,只能躲起來想像自盡而已。

所以电子煙目前在他勤快外出下，並没有很大的效用。

不只如此，他另一个也是老煙槍的同事，一天到晚叼著电子煙在辦公室試探同事們的反应，雖然没有得到拒煙同事的抗議，但……

阿列得，你有没有真煙？

我還是忍末條……

你不是有五种不同廠牌的电子煙？！

必要的話，五个都送你，只求一根真！

哎！可悲的吸煙族！如果這世界生來就没有香煙的存在，該是一件多麼好的事！抽煙也得癌，戒煙也可能得癌（新聞説，香煙代替品，包括尼古丁噴片、电子煙等，可能導致口腔癌），我多麼希望，這世界從來没人發明煙，也從來没人製造煙賣煙！

↖有馬賽克喔

這些都是往事了
（給＊一個可愛的殼）
↙有消音喔

老梁戒煙（電子）很久了，而且完全地成功。
↘您好，敝姓張！

再　來　一　支

為了治好我的頭皮屑問題，今年的我雖然很積極，但，意外地發現掛皮膚專科要排很久！

我想，這表示有不少人和你一樣有皮膚毛病，所以你也不必太在意……

我沒有很在意呀，要不然，怎麼會拖了好九年！

治好我頭屑問題的是這一瓶，也是這位皮膚科醫生開給我的（需要處方籤，一般人最好去看過醫生，不要自己買來亂用），只是用這個洗髮精洗一陣子之後，頭屑雖然不見了，整個頭髮卻非常容易看起來油油的・・・

三个星期後，我總算能來到皮膚專科門診了，又意外地發現，牆上掛了肉毒桿菌的廣告海報…

有沒有搞錯!? 皮膚科這麼熱門，原來是來打肉毒桿菌的!?

BOTOX

搞什麼!? 這些女人應該要讓真的有皮膚問題的人先看醫生嘛!!!

我們排了那麼久!!

喂！看仔細！廣告是說『我太太說她從沒見過我如此好!』是**男人**來打肉毒!!

什麼!?
是男人來打
肉毒桿菌!?
現在这時代
还有真正的
男子漢嗎!?

那乐中人有接用
肉毒桿菌毒死吧!

自註: 肉毒桿菌是劇毒,
能輕易殺死一个人。

你这个人,嘴巴真
的好壤……

妳無乳又
無髮,有誰
比妳更急嗎!?

這一針我挨得不是很甘心。
因為這位皮膚科醫生想看我之前的驗血結果,我和她說,之前的多髮女護理師並沒有將驗血結果寄給我(一般都是要寄給病人的),所以這位皮膚科醫生就打了個電話給多髮女問資料。我覺得多髮女一定又在電話那端推銷她的缺鐵理論,所以這一管血是驗鐵蛋白還是什麼碗公之類的,總之和鐵質還是有關,只是更有針對性。
所以我很不滿多髮女,因為我這第二管血數值驗出來還是很不錯,根本就不是鐵有問題或缺乏!

總算是見到医生了, 医生看过我的頭皮後, 建議了幾种可能的癣疹 (抱歉, 我聽不出那隇是什麼名稱, 所以当初才会請大王和我一起去看医生, 而事後繁忙下他去荷蘭了, 沒時間和我解釋清楚。)不过, 医生也説, 保險起見, 还是要再一次驗血!

但是她没多久前,
才驗过血耶…

嗯,这个不一樣,
之前她驗的又
是一般檢查而已,
这次是有針对性的…

所以, 我又要再次被抽一管血。
我並不害怕針筒, 所以抽血也不会多可怕, 問

題是,這次這个抽血的事員,技術真的很化名代!針扎進我手腕後,血沒出來……

儘管我不害怕針筒,然而看她把針右移左動,連我自己突然間都自慌了起來!因為,感覺很「酸」!

還好,我的手背向來青筋明顯,她觀查了很久之後,決定向我的手背下針!(手背,手掌之背面)

希望,這次會順利查出落髮原因!!……

關於那個處方籤洗髮精,說明是說每次要洗至少三分鐘。

剛開始我看到這句時,完全沒有什麼感覺,泡麵也是要泡三分鐘嘛,聽起來並不長。可是真的洗了後,我才發現三分鐘實在也蠻久的!一般人自己洗頭髮應該不會洗到三分鐘!至少我以前就不會,憑感覺,我覺得我以前洗頭大約是一分鐘之內就開始沖水了。

三分鐘,我當然沒有拿時鐘進浴室去量,我就是自己從一數到一百八,通常數到10的時候,泡沫已經完整覆蓋全頭了,數到20我就覺得搓得差不多了,數到30我就覺得已經連按摩都按了,數到40我覺得我連穴道都壓過了‧‧‧

坎坷之路

撲浪上有很多機器人，其中也有求籤的。有一回買菜之前，我實在很不想出門，也不為什麼原因，就只是懶罷了，因為現在我完全不化妝也敢出門了，所以我如果不想出門，絕對只是那怠惰之心已經高漲到極點。

所以為了要不要去買菜我還在撲浪上求籤，結果得到一支上上籤。因為這支籤的緣故我就想說好吧，說不定去買菜會有好事發生也不一定？就這樣我換了衣服出門了。

上了車庫，我卻發現我的車竟然壞了，怎麼樣也發不了！試了大約半小時我只好又下樓進屋，買菜？我連超市都去不了，當然菜也不必買了！我好想去問那個機器人，那支上上籤是怎樣？整個這樣讓我白忙一場，車壞了還要花錢修理，菜也沒有個影子，根本就是很衰吧？難道現在都流行逆向達成目標？

住在國外，是不太有傳統市場的，所以，完全沒什麼意義去計較「鮮魚」、「鮮肉」，再加上美國地大，超市或超商 **不會** 就在隔壁或樓下！我几乎沒聽过有人是天天去買菜的！我自己是蠻標準的，一星期買一次菜。

而因為一次要買足一星期的菜及民生用品，加上我住的地方坡很多，所以我一定是開車去載，不可能走路，因為一人之力也提不了一星期的補給，更別說还要爬坡助興。

我恨買菜！現在更恨了！！我的買菜之路，完全是一條坎坷路程，先別說別处，光是我自己家裡這一段，就是地獄油鍋……

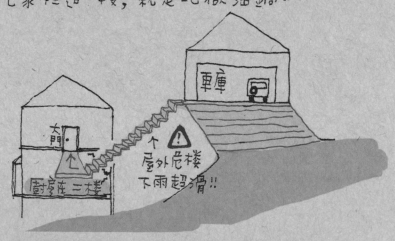

廚房在二樓
大門
↑ 屋外危樓 下雨超滑！！
車庫

誰能想像，買菜真的要看日子！在下雨的日子，我一週的菜和民生用品，得花上上下下四五趟，才能安全送達大門口！要不然，不是我們得吃破蛋（資源回收）或爛果，就是我滑斷一條腿或我的脖子！更別說，入屋後，還有「再下一層」這種紅利！

而且，西雅圖还是著名的多雨！

我一年能遇上的「好日」不多……

我恨買菜，現在更恨了！
因為，我家附近的道路，不但擴建了一、兩年还沒完工，現在还更加擴大影響範圍，連我的買菜之路都關閉了！！！

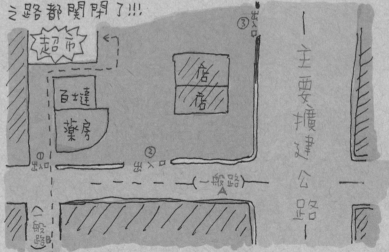

我原本的買菜行車路線是紅色虛線，由①号入口進去，但，上星期，①入口封閉了！所以大家都改成由②号出入，但，很快地「有關單位」發現大塞車，因為大家都要在②

我的車後來送修發現只是電池壞了，儘管如此還是花了美金一百多，完全沒有上上籤的 Fu。
車子壞的那一陣子，我都改開大王的車，大王則改開卡車去上班。我對車子的適應習慣力沒有很強，突然開了一台比我自己的車還長很多的車子，我轉彎幾乎都得不顧廉恥地佔用兩個車道，還經常被叭（那是當然的，我非常同意他們的作為，交通順暢真的很重要），所以整個個人運勢顯得十分蕭條！我不懂，為何上上籤是這種結局？

月巴月巴夫人說：請打占

ㄟ？肥肥？你怎麼變胖了！？

出入口左轉,因此使得一般路A塞車住了!直行車無法走。這星期的狀況,又更慘了,因為一般路A開始管制!!而位在主要擴建公路上的出口③,不但根本難以左轉(因為它是大路,而且还在施工中!),它也因為是施工的一部份,路面坑洞到不行!我呢,為了買个菜,得繞得大老遠再繞回來!!!才能順利進入!

我恨買菜!

我從阿里山那麼遠來的——

怎麼沒人來敲彩帶……

終京!

等我終於買完菜,还是得再次繞遠路回家,而回到家後,还有一段地獄油鍋要小心、冷靜、且分批地走完,誰能說,這不是一段很坎坷的路程?而且,有時还有十分想自殘的後遺症…

忘了買衛生紙!!!

我当什麼人啊?!!!

蛤仔都比我有思想!!!

雖然因為懶,我多數時間都只是在美國超市買菜,但我其實有個感覺,亞洲的超市好像東西有比較便宜?

因為每次如果我有克服懶而去到亞洲超市買菜(這大約半年發生一次而已),經常一車的東西結帳下來很少超過一百元!可是我每週去一般美國超市買菜都要花一百多元耶。

永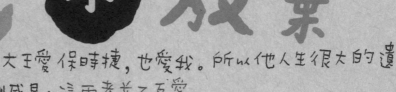放棄

大王愛保時捷，也愛我。所以他人生很大的遺憾是：這兩者並不互愛。

我幾乎沒提過，每年過年過節，這都是大王的「大禮」，只是我從來沒理過它……

（ミーㄟ!）

完成了！
太棒了！

愛夫精心製作！王!!

保時捷駕駛
訓練課程!!
〈上課證〉
学生：MiAo
老師：Arild

為了這一篇，我一直在找當初大王做給我的上課證，連泛黃的情書都翻出來了，還意外得到好幾個紅包（我媽包給大王的，裡面有台幣耶），就是沒有找到這些上課證！
我只能猜想，我可能真的把它們都丟了···

母親節才過沒多久，不是嗎？我當然又收到一次！

要我講几次才夠？……

不要一直開單給我!!

我不要学！也不想学！

我知道，过去我教妳開車時，把妳氣哭了…但，我保證這次我一定会充滿愛心和耐心!!!

究竟會開手排車是怎樣？
展雄風？可我是個女孩兒
啊，我幹麻要展雄風？
（京腔）

如此，正因為我也不是省油的燈，所以，在這八年來的接單生涯中，大王只得逞了一次，而且那一次，更成為我強而有力的拒絕理由。

太文了！案件可以結束！我承認我和它不速配！！

到後來，我甚至是毫不隱瞞、明白清楚地表示，我就是註定只能死黏著自動排檔的車！而且我就是这樣甘心！！

大師開示

你有被我掛过電話吧？
你深知，即使是開自排的車，接電話对我來講都已経是很忙乱的事！更別説是開保時捷！！

你要我忙死嗎？！

这倒是真的……

八年了，好歹也跟我説到最近進度吧！大王開始以「实用&安全」來威脅：

妳一定要学開手排車！这樣，萬一我出状況不能開車，妳才能接手！！

嘆～

那可能，本來妳只是手骨折，我開車之後，会演变成二人墜岩……这樣有比車好嗎？

妳充用妳的專長編故事！！好！……妳可以繼續墮落，但，我也是不会放棄的！！！

謝妳和我分享創作樂趣！⁂

木蘭
快別孩子氣了！
趕快照劇本演！

中国

(((無線電波掃描機

大約一、兩年前吧，我曾在美國的一个电视剧看到，一个女人熱愛聽「某种收音机」，因而有一次不小心聽見別人的手机对話，進而發現了一椿謀殺案…

總之，

那是什麼東西？我也想要一台!!!

解釋得滿身大汗，因為大王当然没看到那电視劇。

聽起來，很像是 C.B. Radio ……

被迫成為「知萬事」

這個空氣中是充滿訊息和各種電波的，雖然我們看不見也聽不到，可是它們確實存在。要不然收音機也收不到電台節目，警察之間也無法用無線電回報狀況，而你的手機也不會有訊號···

所以無線電波掃描器基本上就是在接收這些東西，因此收聽有些東西是違法的（要看各國法律如何約束）···

C.B. Radio? 不管是不是，總是个好起頭！至少，我「孤狗」時有關鍵字可用了！但，在我陸續追查之後，我覺得我要的，並不是 CB Radio，而是一种 Scanner，無線电波掃瞄机吧？

我不是要当火腿族！我没兴趣和人講話！

我只是要偷聽而已！

不道德…

所以很久以前，我就已経和大王預約了這礼物，然後，我也如願等到了！

昨天才結婚八週年紀念

太好了！謝拉！

雖然是電陽春的机型，但我反正是新手!!

有人結婚紀念日是送这个的嗎

还給我挑剔!!

当然，礼物拿到手後，接著就去吃大餐慶祝了，一直到今天，才有時間試……

回△Ｘ＄☆Ａ——……

好恐怖!! 对方不会知道我正在偷聽吧？

小姐，妳收到的不过是交警的路況意外回報……

緊張什麼呀？

而且，它机器好像是自动在掃瞄頻道，没多久就轉到別台了！

我要聽之前那个啦啊

怎么把它固定住？

（固定住頻道）

這一台真的是很陽春的機型

妳反正也沒在收聽，
有什麼好抱怨的？
給再好也是浪費吧？

不用說，種種的不解，當然只能看說明書!!!
但，說明書真的是天下最難理解的書!!!

而且，按照說明書操作之後，我覺得，我好像聽到愈來愈少的東西，而且，多數時間是聽到毫無人類講話的雜音……

怎麼會這樣呢？我搞了個老半天也搞不通，為什麼它不像電視演的那樣，好好地講些像樣的話，而且不要在那裡一直跳台還ㄅㄆㄇ沒完？

真是累人的機器，實在開始不懂，怎麼會有人要費那麼大的勁去偷聽？……

提到從電視上看到的東西，我還想說說前一陣子從電視上看到的電腦。很多人都說蘋果的電腦漂亮？是不錯，可是我覺得那還不是我的風格‧‧‧
美國的 Syfy 頻道有個影集叫做 Warehouse 13，我其實並沒有收看，只是偶然間看了一集，但是它裡面的電腦配備一眼就迷倒我了，例如這一個鍵盤，它是金屬底配上像古董打字機上那樣的圓形按鍵。

又例如它有一個像 WebCam 又像視訊手機的東西，蓋起來不用時，看起來就像一個老鋁盒，打開時就像這樣：

如果真的要買一個外觀美麗的電腦，我是希望有人賣像 Warehouse 13 裡的這些風格！

（圖片來源： Warehouse 13 ）

洗車

我從來沒有幻想過，自己實際上可以變成這樣——我七年沒洗過車！換言之，車子從買來後都沒洗過一次！

車子是軟頂棚的啊，

我不知道怎麼洗？

七年來的藉口

和我完全相反，大王非常瘋狂於洗他的車，瘋狂到我們每週休假日都去洗他的車！

這種自助洗就是有水有肥皂有刷子，你投錢進去，它開始計時，當然你投越多錢能使用的時間就越久，可是它不退費的，所以一般人當然都不會一次投太多。

我通常就是站在一旁幫忙隨時補錢進去的人，可是即使是這樣也無法穿得美美的在旁邊耗呆，因為它的水柱非常強而有力，如果我不隨機應變地躲閃，我也是會被弄得一身濕，而且這種濕水是夾雜著肥皂和車身的髒污的，並不是純淨無害的。

我負責投錢。

剩多少時間？！

1分20秒

投幣的自助洗車

也許大王的手真的是被咀咒般的富貴，每次他自助洗完車，車必出問題！

我們試過很多種自動洗車機，其中最不滿意的是一種號稱 No Touch 的機器，顧名思義它就是沒有肥皂滾筒來滾洗車身，它有個裝置能感應你的車體邊緣，因此會隔著適當的距離噴肥皂水及強弱交替的水柱，雖然不會有肥皂滾輪失控重打車身的情況，可是相對的，也洗得比較不乾淨！

不過我倒是有想過，如果我要洗我的軟棚吉普，應該是要用這一款的洗車機比較適合？

因為真的很多次都有這种场合，所以後來大王还是堅持洗車，只是改成 机械洗……

每週洗、常洗，当然他很快就把自己的额度用完了，很快地，他肯想起我的車來了！

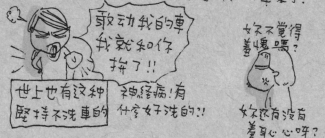

去年，我們把剪下來的樹枝都放在天涯八号（卡車）的後面，放了一年没處理，大王為了他

的洗車欲望,終於把那批樹枝都清理掉了!然而……

覺得到我不好意思開到洗車廠,妳幫我稍微抹一下……

你給我差不多一點!!

天下竟有你這种人!!

不过,洗車狂大王果然名号不假,他不知哪裡買來的清潔劑超好用的,噴上後,輕々一抹,陳年老垢全都掉光光!

既然這产好用,誰还要幫你擦卡車啊?我清我的車!

但是等一下要再去洗車喔!

七年來,我終於第一次清了我的車!

你那樣不算洗車!!

怎产不算?是乾洗!

下卡車

我的車比較高級,不水洗!

這個卡車有件有趣的事蹟。由於它後面是無頂裝載區,再加上年久未清,有一天,我和大王發現它後面裝載區竟然積水積了三吋高!由於縫隙都被樹上掉下來的細小渣(例如松樹的針葉等)堵住了,所以這些水排不出去,我和大王也不敢冒然地去碰這些髒水(也不知積了多久),所以我們決定開它出去「甩水」。

於是當天,我們一邊開一邊甩,每次紅燈一煞車,水甩得尤其厲害,就那樣啪一聲地流出一堆水在路上,我覺得它好像一邊走一邊烙賽啊!還有我們後面的車,大概也是飽受驚嚇‥‥

小‧說 狂熱

自從搬來美國住之後，儘管覺得美國食物難吃，我还是每年体重一點一滴往上加... 而且，还仗著美國胖子多，竟然到後來还有点不太在意！

若要問我，喊了那麼多年說要寫小說，爲何之前沒寫出來而現在寫得出？是什麼秘方？
我可以說，我過去是把阿莎嘉克莉絲緹當成前進的明燈的，我覺得她的書並不搞文藝可是又充滿了驚奇的點子和特殊氣息，確實是我想走的模式。但，我想世界上很難再出現一個阿莎嘉！她看似容易其實很難！這就是我的小說一直寫不出的原因，我似乎是把目標定得太高！
（下頁邊條續）

然而，最近我突然快速地瘦了快2公斤，小腹也小了一半！因為我每天著迷於小說創作，不但從一開始的食慾快減（我本來对吃就不是那麼著迷），到後來連覺都不想睡了！

● 我寫的是偵探小說。

這麼樣地認真，以致於，在很短的時間內，我連第二本都寫完了！而且還熱血到第三本連桌子都還沒有，就想繼續寫!!創作慾從未如此強盛!

可以說是很幸運的，我後來又找到另一個前進的目標人選——M. C. Beaton。這位作者顯然也喜歡阿莎嘉克莉絲緹，因為她的書中有一個系列就以阿莎嘉這個名字為偵探的主角!但是她筆下的阿莎嘉是個有點搞笑的大姐頭形象，而且她的偵探書坦白說，不具猜測價值——有點像是作者說誰是兇手，誰就是兇手，不需要理由，也沒什麼辮子好抓。問題是，因為她的角色個性塑造得相當有趣，所以你也不會討厭這個作者的書——事實上Beaton的書還賣得相當好!而且莫名其妙地，我和大王都一直在期待她的下一本!雖然大王較喜歡的不是她的阿莎嘉系列，而是另一個翰米旭（主角名）系列。

我期待到等不下去的程度，於是就開始寫我自己的偵探!!不知這算不算奇怪？可是我確實是因為這樣而寫出我的第一本偵探小說。

我的繼子現在八歲，有一天在上學途中，他告訴他的生母，他想退休了！Well，有其子必有其父，大王也不例外，他不但對我著迷寫小說沒什麼意見，他還期待著我真的寫出個名堂……

所以最近我瘦了2公斤，每天仍持續想著如何殺人，而我覺得很快樂！畢竟，很久沒有瘦了，也很久沒有工作得這麼拚命了！

亞洲（還是只有台灣？）出版業其實和歐美走的流程並不相同，在歐美通常一位作家剛出書時，一定是先出精裝版（硬皮），如果精裝版賣得夠好，出版社才會再繼續推出平裝軟皮的。所以，有平裝版的上市，才表示這位作家賣得不差。

但是台灣好像是有點相反？如果一位作家的書賣得超好，有時出版社會認為具有保存收藏價值，才會再出精裝版，但這當然也並不是慣例，我們通常就是很少出精裝版，除非是像百科全書那類的東西，或是單純只是為了包裝才出精裝。

所以聽聞我的小說一開始就出平裝版，國外親友都嚇一跳！

不過我當然有解釋。

床底下的貓主人

因為不久之後，即將要去歐洲，所以貓咪們得再一次送去貓飯店修行，而送去貓飯店之前，要有證明證實貓咪該打的預防針或疫苗，都沒有過期。

所以，我們當然也得趕緊送貓咪去貓醫院打針！這件聽起來不如何難的事，卻讓我吃盡了苦！

我們也沒有笨到不會想辦法啊！每次要帶貓咪去哪裡之前約一星期起，早就先把籠子拿出來讓他們習慣了——所以他們才不會老是一看到籠子就跑走。但，那幫助也沒有很大，貓咪警覺性太強，只要有一隻看到另一隻被關後，就立刻知道要逃命！就算我們把房門關起來讓他無處可逃，貓咪總還是有辦法瞬間學會縮骨功（即使是肥ＹＯ也沒問題），躲到一個我們摸不到的地方去！

快出來!!

MANY! YOYO! 約會要遲到了!!

一个剛接下阿波羅13!

一个主演沈默的艦隊!

我們經常是用一個大籠子把兩隻貓裝在一起——事實上我錯了，我應該還是要分兩個籠子裝比較對，因為已經發生過好幾次了，ＹＯＹＯ會不顧一切地尿失禁！把整個籠子底全尿濕，連帶ＭＡＮＹ也會被尿波及到。

上次就更慘了，ＹＯＹＯ不但尿了還大便了，因為籠子裡也不是什麼豪宅，他幹完這些大事後，也只能躺在自己的屎尿上，直到回到家‧‧‧

不論我怎樣用各式玩具勾引，兩位貓大人还是像修行已久的高僧，躲得無影無蹤，也不為所动！

陷井.

急忙得要死的我，則是演廣告。

終於，在食物的利誘下，順利捉到減肥始終没成功的ＹＯＹＯ！而一向很挑食的ＭＡＮＹ还在逃！

MANY～
MANY～
快來見媽
最後一面……

我是餌，因為ＭＡＮＹ愛我是我家有名的。

終於二隻都捉到之後，我們还得立刻去聽歌劇！

啊
哦
我
喔
嗚
咿

劇碼：啊咿達。

以前，我的苦難通常到獸医院就結束了，因為接下來很簡單，二隻受驚的貓往往乖得像孔融，还会互相讓梨。

但是这一回，因為獸医院生意太好，所有的看診室都被佔用了，我們竟被安排去手術室看診！而手術室是有工具的！

馬上，YOYO立刻不顧龐大地把自己塞進一个櫃子底下！

在底下。

手術枱

出來！！
YOYO！！

愚昧的医生不顧我的警告，決定先看MANY，所以第二隻被放出來的MANY也立刻施展輕功，跳到高櫃上！！

最後動用了三个医生和二个病人家屬（我們），花了30分捉貓一分鐘打針，才終於順利地演完白色巨塔。

home sweet home.....

再給我瞬間消失啊！我不要再看到你們了！！

回回到家又緊黏著我討玩！回

這是什麼？

偶也不珠道…

最後一根稻草

是的，在做稿的此刻，我早已經能去送件報考美國公民了，然而我還是沒有去做這件事！而且我甚至遲遲無法肯定自己是否要這麼做？我能肯定的是：我對中國完全沒有那個向心力！這不代表我歧視中國人，只能說，中國和美國對我而言都同樣是「外國」，兩個外國要選一個的話，我選美國。這不是哪個國家有錢沒錢的問題，也不是未來誰強誰弱的問題，而是體制上我就是不能活在中國那樣的型態上。但是目前台灣政府的親中讓我很擔憂，如果不知不覺台灣就要成為中國的一部分，我當然是要趕快成為美國人。可以說，我還在觀望吧。

再过一个月，我就能申請考美國公民了，本來，我对這件事还把著猶豫……

萬一以後我想選總統怎麼辦？

世事難料呢……

但是也沒差得那麼遠!!

離譜!

結果呢，又發生了一件壓倒人最後一根稻草的事！

这月底这个辦事处就要關了……

這是我們最後一次見面了，以後妳要申請申根，要去加州或加拿大

荷蘭在西雅圖一人辦事处

什麼!?

加州!? 加拿大!?

在台灣，申根簽證可以由旅行社代辦的你們，一定不會知道，在它國申請申根簽證可是要本人過去的！那意思確實是說，我以後要去歐洲，就一定得先去逛加州採橘子，要不然，也得去加拿大撿楓葉！！！這是離西雅圖最近的兩个地方！

如果我是个美國人，自然以後去歐洲都再也不必簽證了！隨時机票買了，連飯店都不必先訂，就能出發了！

因為西雅圖的荷蘭辦事處要關了（當我在做稿的此刻，它早已關了），所以那次的荷蘭師太慈悲心大發，主動要幫我申請為期一年可多次出入的申根簽證。

我當時並不是很相信這個簽證會通過，因為依照過往嚴苛的標準，我連作夢都沒作，直接認定師太只是在說外交辭令罷了。更何況，申根是歐洲多國的共通簽證，我當然十分懷疑荷蘭大使館能自己去破這個例！

但是沒想到，收到護照後一看，師太竟然幫我達成了！

想去謝謝師太都沒機會了，因為辦事處已經關閉。但我們聽說師太會回荷蘭，而且她在荷蘭所住的城鎮離瑪優家很近，我希望，將來有一天會在荷蘭遇見她・・・

一向搞簽證搞得非常不順的我，最後和大王聊了半天，竟然覺得这次有夠幸運的!!

但，也正因為这件事的發生，我痛捨總統夢，正式地決定要去考美國公民了，但因為下个月就要去欧洲了，自然是会等到從欧洲回美後，才開始準備送件。

不必說，當然是因為我有了一年多次的申根簽證了，所以這裡的決定已經又變成屁了。
我真是說話不算話。

烏龍二連爸

大家都知道5月的第二個星期日是母親節，連台灣也是这樣过的。但在美國，6日的第三个星期日，才是父親節，而这个節日，我們去年就公然錯过！

還敢說別人！
這個人從來沒有在父親節或母親節打電話回家祝福過爸媽・・・

就是因為去年搞錯了，所以我就有个很強烈的印象，父親節絕对不是6月的第2个星期日。

The Works Of Charles Dickens, In Thirty-Four Volumes. Vol IV - Nicolas Nickleby. Vol I

Charles Dickens

我送大王的這本書，其實有打擊到我！
因為大王說：這本書連書名都錯了！

Nicolas Nickleby——應該是 "Nicholas" 才對！
實在很荒謬，當初我搜尋時「自己拼錯」，沒想到這樣的拼錯竟也搜尋到剛好也拼錯了的這一本！
但我是歪果人，我錯還情有可原，這家出版社犯這個錯才誇張吧？難怪下集也遲遲還沒出版‧‧‧
（但內頁內容倒是沒有拼錯）

然後，歲月當然無情無義（現在還近乎沒礼貌），一年过去了，文月的第二个星期日我很安心，还不是父親節。
因為大王一直在找一本他曾看过的書——尼可拉斯‧尼可比（查理斯‧狄更斯的作品），他說他有書，可是我們家裡怎麼找也找不到。

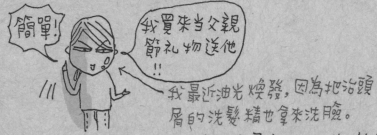

簡單！

我買來当父親節礼物送他!!

我最近油光煥發，因為把治頭屑的洗髮精也拿來洗臉。

所以我也上亞馬遜去買了書，搜尋字一打下去，自然出現很多結果，懶得多閱讀的我，看到第一个搜尋結果就按下去了，作者確實是狄更斯，書名確實是尼可拉斯‧尼可比。我还付了快速遞送郵資，因為今年動作有隨年老而慢了下來。

这女人寧願認老也不願認無心！

廢話，他又不是我爸！

永遠的北鼻。

妳禮个媽，都还強要过母親節了！妳当然要付出代價！

記帳本。我二个繼次我很多。

這次，六月的第三个星期日是父親節，總該沒錯了吧？

所以父親節当天早上，我把尼可拉斯·尼可比拿出來，送給大王。

哇！謝拉！

開心！

← 超厚的一本書！

大功告成！我去寫作了！

还在痴迷寫我的小說.

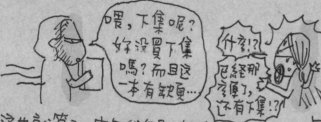

喂，下集呢？好沒買下集嗎？而且这一本有缺頁…

什麼!?已經那麼厚了，还有下集!?

这也就算了，中午我們一起去餐廳吃飯，餐廳不但完全無父親節氣氛，也無客滿，还有不少一个人來吃喝的老男人！

一定是我又記錯了！父親節可能是六月的第四个星期！

礼物先还來！

这一餐还是你付！

有可能……

她没父親節氣氛！

◎挪威的父親節也和美國同日。

可是，你們当然知道，我並沒有記錯，6月的第三星期日確實是美國的父親節！……

大王的生日是八號，他居然也不知道發什麼瘋，每一個月的八號都跟我說是他生日！

我經常會拉下法令紋來說「我就是忘了，怎樣？」，然後他就會回答「好吧，這次就算了，下個月請不要忘記。」

你是想怎樣呵呵～～——!?!!

去当人瑞吧你

白羅再世

也不知道大王內褲究竟是怎麼穿的？為什麼老是會穿到破洞？（難道他每天其實都沒去上班，而跑去公園溜滑梯？）

剛開始我還會每隔一陣子去幫他買一批內褲，後來變成催促他記得自己去買，到現在，我已經不想講什麼了···

不買？也好！至少我不相信他有那個膽子穿著破內褲去外遇。

当然,因為我自己也忙,所以如果忙中有錯,自然很平常!受到这樣的指責,我並沒有起疑,而十分相信,一定是我把衣服洗縮水了!

所以也十分忙碌的大王,还抽空自己開刀!

早上沒時間再換一條內褲了,我直接用剪刀剪了三个刀!

不然太緊了,很不舒服!

老公賺錢忙,妳就不能多擔待些……

Sorry……

乖乖地被訓話了半小時!

就在我快下定決心,痛定思痛地做个好太太時,我突然想起,褲子再怎麽縮水,应該也不至於小便的洞会不見!

先生,你不觉得今天一整天都很不蘇湖嗎?

当然!誰能穿縮水的內褲还能好自在的?

神探白羅

這位先生很低級,後來發現他自己原來是因為穿錯面,所以內褲才會變得那麽緊,他居然說:

難怪覺得今天放屁比較沒有阻力。

(因為小便的開洞是在屁股那一面)

最後一頁放一張破內褲照片？好吧！畢竟這也只是像探索頻道裡的野生動物廝殺影片，人坐在電視機前面觀賞，是安全的。
這裡的開叉當然是剪刀拿起來亂剪一刀而已，大王畢竟沒受過專業的訓練，知道要開叉已經是難能可貴了‧‧‧

最後，謝謝大家再一次地支持本書！在我趕書稿期間，感謝撲浪上的撲友不停地幫我的卡馬加持，讓我能安心做稿子；也感謝我留言板上的那些新舊朋友們，一樣是守在那裡為我加油鼓勵！謝謝大家！
‧‧‧

國家圖書館出版品預行編目資料

西雅圖妙記／張妙如 圖、文、攝影
--初版--臺北市：大塊文化，2008.07
面：公分 --（catch：145）

ISBN 978-986-213-072-8（第4冊：平裝）
ISBN 978-986-213-146-6（第5冊：平裝）

855　　　　　　97012130

LOCUS

LOCUS